나무로 깎은
책벌레
이야기

나무로 깎은 책벌레 이야기

김진송

펴낸곳 현문서가

펴낸이 김수기

편집 조윤주 송연승

디자인 아르떼

영업 박성경

총무 이명혜

첫 번째 찍은 날 2003년 12월 10일

두 번째 찍은 날 2004년 3월 2일

등록번호 제 22-1533호

등록일자 1999년 4월 23일

주소 서울시 종로구 체부동 141-2 현실문화연구

전화 02-723-2961, 팩스 02-723-2962

값 9,800원

ISBN 89-87057-31-3

나무로 깎은
책벌레
이야기

김진송 깎고 씀

현문서가

차례

제1장 생각이 자라는 바위

책벌레와 책벌레 8 | 절간의 물고기 12 | 아름다운 그녀 14 | 생각이 많은 사람 16 | 잡념이 많은 사람 17 | 메뚜기 우주선에 무슨 일이 일어났을까 18 | 하늘에 갇힌 새 23 | 달걀 귀신 24 | 생각이 자라는 바위 26 | 크레인 30 | 도시를 나는 여인 32 | 펀치 드렁커 34 | 붙잡힌 외계인 35 | 나는 무엇일까요 36 | 곱슬머리 아이 37

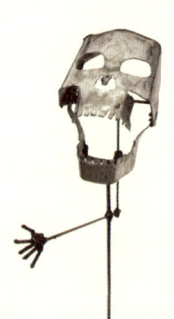

제2장 피라미드의 비밀

내 이빨 볼 텨 42 | 꽃을 꺾다 44 | 당랑거책 46 | 피라미드의 비밀 48 | 억지로 하늘 날기 54 | 탄생 56 | 똑같다 58 | 십이지 동물농장 60 | 비를 좋아하는 아이 64 | 무시무시한 것 66 | 고슴도치 68 | 큰 물고기 72 | 구름 위의 천사 74 | 호랑이와 아이 76 | 죽음과의 악수 78

제3장 고집 센 당나귀의 마력 재기

폭주족 82 | 삽새 84 | 짐을 실은 노새 86 | 비행접시 구출하기 88 | 비루먹은 용 92 | 고집 센 당나귀의 마력 재기 94 | 캥거루의 회초리 96 | 회오리바람 97 | 포크레인 발톱을 쓴 새 98 | 쇠망토를 걸친 사나이 100 | 나의 친구 102 | 울면서 집에 들어선 아이 104 | 뭔가 이상해1 106 | 뭔가 이상해2 107 | 갑오징어 108 | 악몽이었을까 110 | 구름 위로 올라간 형 112 | 치즈를 훔쳐 먹은 쥐 114 | 지구에서 살아남기 116

제4장 신은 바보

등점박이라이닝발광충 120 | 전기 메기 122 | 꽃을 바치는 남자 124 | 신은 바보 126 | 민달팽이 132 | 골목의 그 아이 134 | 삽새의 전설 136 | 악마와 그네 타기 138 | 메뚜기가 널 잡겠다 139 | 게차 140 | 사나운 개 142 | 세상 밖 한 걸음 144 | 추락한 별나라 우주선 146 | 로봇 만들기 148 | 바그다드의 새 동상 150 | 헬리콥새 152

제5장 책의 바다에 빠져 들다

벌레를 만들다 잠든 날 156 | 번개를 잡은 아이 158 | 항복 160 | 사이보그를 꿈꾸는 아이 162 | 몽마와 숙녀 164 | 휴식 166 | 여신의 조건 167 | 거북 마을 170 | 마어 172 | 검은 개의 전설 174 | 아기 장수 176 | 그림자에 놀란 아이 178 | 들판의 염소 180 | 책의 바다에 빠져들다 182

깎고 나서 183 | 찾아보기 185

제1장 생각이 자라는 바위

그런 바위가 아무 데나 있지는 않습니다. 누구라도 그 바위를 찾고 싶다면 먼저 숲으로 들어가, 푸른 이끼가 낀 편안하게 보이는 바위를 찾아야 합니다. 편편하고 널찍한 바위 인데 폭신하고 보송보송한 느낌을 주는 바위입니다. 반드시 책을 들고 가는 걸 잊어서는 안 됩니다.

책벌레와 책벌레

책을 몹시 좋아하는 아이가 있었습니다. 어떨 땐 밥 먹는 것도 잊은 채 책 속으로 빠져 들었습니다. '책벌레가 따로 없어.'라고 엄마는 늘 말하곤 했습니다. 책벌레는 아이의 별명이 되었습니다.

어느 날 아이는 책을 보다가 깜빡 잠이 들었습니다. 그리고 눈을 떠 보니 책 속에서 커다란 벌레 한 마리가 기어 나오고 있었습니다.

'안녕. 책벌레. 내가 진짜 책벌레야.'

아이는 깜짝 놀랐습니다. 너무 놀라 황급히 책을 덮으려 하자,
책벌레가 눈을 부릅뜨면서 말했습니다.
'책벌레, 책을 덮지 마. 안 그러면 내가 몽땅 먹어 버릴 테니.'

아이는 그 뒤로 책벌레를 다시 만나지 못했습니다. 하지만 책을 보는 일을 멈출 수는 없었습니다. 진짜 책벌레가 다 먹어 버리기 전에 책들을 모두 보아야 했기 때문이지요.

절간의 물고기

세파에 짠내가 나도록 시달린 물고기 한 마리가 더 이상 속세에 머물 수 없어 절간을 찾았습니다. 저를 받아 주십시오. 부처님께 귀의하고 싶나이다. 아침 공양을 마친 스님은 기막혀 했습니다. 아무리 그래도 그렇지, 온 절간에 비린내를 풍기는 너를 어찌 받아들인단 말이냐 하며 받아 주지 않았습니다. 물고기는 냇가에 가서 정성스레 온몸을 씻고 다시 돌아와 말했습니다. 절 받아 주시지요. 제 한 몸 공양으로 바치겠습니다. 점심 공양을 마친 스님은 역정을 냈습니다. 너의 냄새는 본디 네 심성에서 나오는데 비늘 몇 조각 씻는다고 그게 없어질 것 같으냐. 더 이상 마음 산란하게 하지 말고 다시는 찾아오지 말거라. 물고기는 다시 내쫓겼습니다. 물고기 역시 오기가 나기 시작했습니다. 아무리 비천하게 살았어도 여기서까지 홀대를 당하는 것은 참을 수 없는 일. 그러면서 이번엔 배를 가르고 속을 비우고서는 다시 올라갔습니다. 저를 받아 주시지요. 그렇지 않으면 저 화로 속으

12

로 뛰어들고 말겠습니다. 저녁 공양을 막 끝낸 스님은 다시 불같이 화를 냈습니다. 네놈이 이번엔 자해를 하는 것도 모자라 공갈 협박까지 하려 드느냐, 하고는 쇠꼬챙이로 꿰어 매달아 버렸습니다. 그리고는 매일 공양 때가 되면 한차례 두들겨 패 주었습니다.

절간에 물고기가 걸리게 된 사연입니다.

아름다운 그녀

그녀는 참으로 아름다웠습니다. 크고
둥글게 뚫린 눈자위와 가지런히 연결된
콧구멍, 아래턱에 단단히 박혀 있는 흑갈색의
이빨 등 어느 것 하나 마음에 들지 않는 것이
없었습니다. 그녀의 갈비뼈는 하나하나가 마치
둥근 상아를 깎아 놓은 듯 빛났고, 그녀의 팔다
리는 곧고 가늘어서 보기만 해도 만지고 싶은 충동을 일으켰습
니다. 처음 그녀를 만났던 때를 기억합니다. 어둡고 음습한 안개
가 깔린 골목 어귀에서 그녀가 갑자기 나타나 '무섭지?' 하고 서
늘한 미소를 던졌을 때 나는 그만 온몸에 전율이 일어나 겨드랑
이에서 찬바람이 나올 정도였습니다. 나는 정말 그때까지 그녀
보다 더 무서운 해골을 본 적이 없었습니다. 무서울수록 아름다
운 우리 세계의 미적 기준에 그녀만큼 딱 맞는 경우를 나는 본
적이 없습니다. 그때부터 그녀를 사랑하게 되었지요. 나 역시 그

녀에게 잘 보이고 싶어 늘 어떻게 하면 더 무서울 수 있는가를 고민하게 되었습니다. 머리뼈에 몇 가닥 머리털을 심어 넣기도 하고 어깨뼈를 뚫어 철사를 심어 넣은 망토를 걸쳐 드라큘라 백작의 패션으로 치장하기도 했죠. 그녀가 그런 나의 모습에 반했을 때 얼마나 기뻤는지 모릅니다. 하지만 다른 해골들은 우리를 보고 혀를 끌끌 찼습니다. 나의 신부 역시 조금도 무섭지 않다고 했죠. 아마 그녀의 미소를 한 번이라도 제대로 보았다면 다들 그런 소리는 하지 않았을 것입니다. 나를 보고 다른 이들은 눈에 콩깍지가 씌었다고 말들 합니다. 누구는 제 눈에 안경이라고도 하고요. 이러쿵저러쿵 말이 나올 때마다 나는 '뭐가 도대체 어떻다고들 그래, 무섭기만 하구만.' 하고 대듭니다. 어쨌든 나는 그녀가 무섭습니다. 그래서 누가 뭐래도 그녀를 사랑합니다.

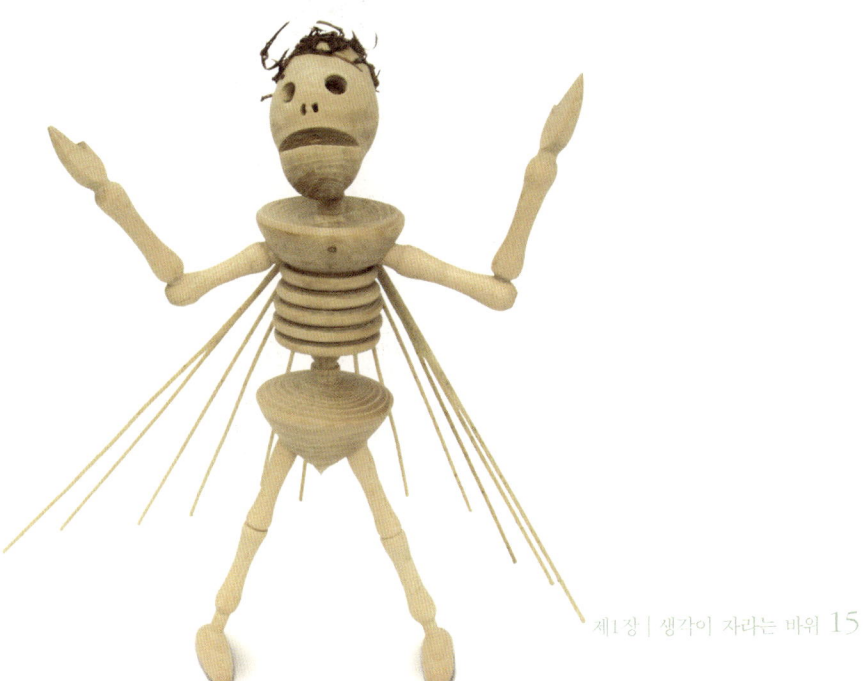

생각이 많은 사람

잡념이 많은 사람

메뚜기 우주선에 무슨 일이 일어났을까

드디어 메뚜기 우주 화물선이 도착했다고 합니다. 모두들 달려 갔습니다. 메뚜기 외계인도 만나보고 우주 화물선도 보기 위해 서죠. 임시로 닦아 놓은 넓은 우주 공항에는 메뚜기 화물선만 있 는 게 아니었습니다. 나방 우주 여객선이 미끈한 날개를 반짝이 며 착륙해 있었고 멋진 거미 탐색선도 벌써 도착해 있었죠. 조 금 작지만 앙증맞게 생긴 벌 우주선도 있었습니다. 달팽이 우주 왕복선은 이제 막 도착했는지 승객을 잔뜩 싣고 착륙을 준비하 고 있었으며, 저기 멀리 구름 사이로는 오징어 우주 여객선이 모 습을 드러내고 있었습니다. 그런데 이상한 일이었습니다. 메뚜 기 우주 화물선에 메뚜기들이 보이지 않는 거였습니다. 화물로 가져온 알들은 그대로 실려 있는 채였습니다. 다른 우주선들도 마찬가지였습니다. 나방들도 거미들도 벌들도 보이지 않았습니 다. 다들 어디로 가 버린 것일까요. 도대체 무슨 일이 벌어진 걸까요.

　사건의 발단은 이러했습니다. 메뚜기들이 지구를 눈앞에 두고 있을 때까지만 하더라도 지구인들의 대대적인 환영이 있을 거라고 잔뜩 기대에 부풀어 있었습니다. 실제로 그건 그랬습니다.

모든 지구인들이 요란한 환영 행사를 준비하고 있었으니까요. 그런데 그들이 막 지구의 대기권에 진입했을 때였습니다. 사방에서 역한 냄새가 올라와 속이 메슥메슥하고 머리가 어지러워지기 시작한 것입니다. 메뚜기 우주선의 사령실에 있던 대기 계측기를 보니 위험 수위를 넘어 빨간 불이 깜박이고 있었습니다. 메뚜기들은 뭔가 심상치 않은 일이 지구에서 일어나고 있음이 틀림없다고 생각했습니다. 그들은 어쩌면 전쟁이 시작되었을지도 모른다고 판단했습니다. 그도 그럴 것이, 메뚜기들보다 지구인들에게 더 치명적인 가스의 수치가 높은 것을 보고 사태가 보통 심각한 게 아니라고 판단한 건 잘못이 아니었겠죠. 그럼에도 아무 일 없다는 듯 환영 행사를 준비하고 있는 지구인들의 꿍꿍

이를 도무지 알 수가 없었습니다. 그들은 상황을 좀 더 정확히 판단하기 위해 그들이 수십억 년 전, 지구인들이 등장하기 이전에 내려 보냈던 메뚜기들과 교신을 하려고 애썼습니다. 하지만 신호가 너무 약해 정보를 얻을 수가 없었습니다. 메뚜기들은 도무지 어찌할 바를 몰랐습니다. 우주선은 이미 대기권을 통과해 착륙하지 않을 수 없었고 되돌아가려 해도 이미 연료를 다 써 버

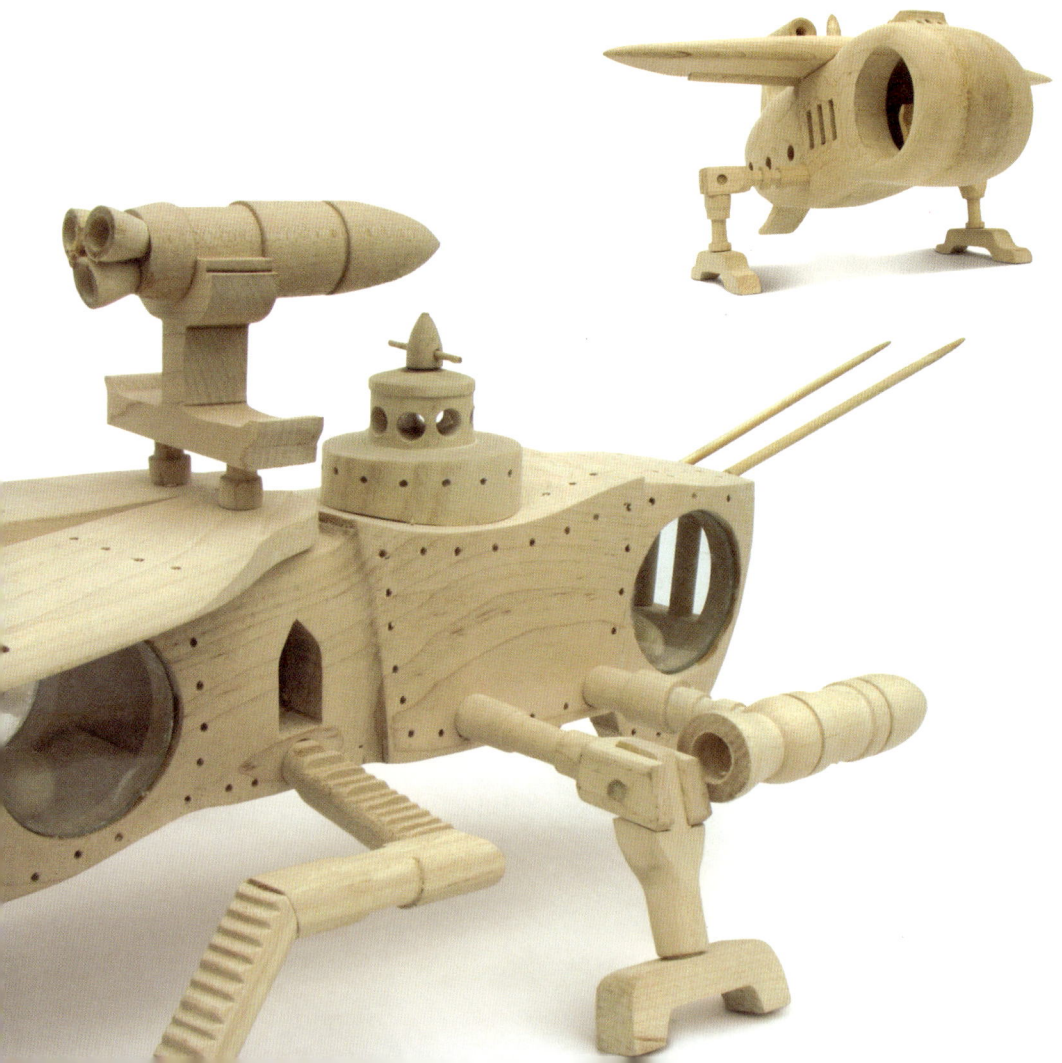

린 상태였습니다. 그들은 화물선이 지상에 닿자마자 방독면을 뒤집어쓰고 벌써 위험에 처해 있을지도 모르는 메뚜기들의 미약한 신호를 찾아 숲 속으로 들어갔습니다. 간신히 살아 있을지도 모를 메뚜기들을 만나기 전까지는 지구인들과 접촉하는 위험을 감수할 수는 없었던 겁니다. 그들이 멀쩡한지를 확인해야 자신들이 안전할지를 판단할 수 있을 뿐 아니라 지금의 상황이

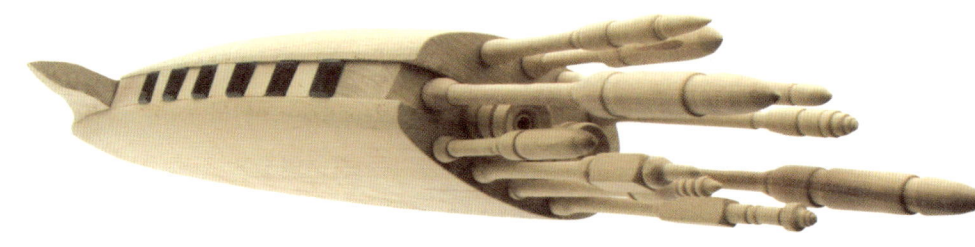

어찌된 것인지를 알 수 있을 것이기 때문입니다. 나방 우주선도 거미 탐색선도 벌 우주선도 사정은 조금씩 달랐지만 결과는 마찬가지였습니다. 그들은 가장 소중하게 간직해 온 화물들도 버린 채 숲으로 도망쳐야 했습니다.

사태는 걷잡을 수 없게 되었습니다. 지금 막 착륙을 준비하고 있던 달팽이 우주 왕복선과 멀리 오징어 우주 여객선에서도 이런 상황을 눈치 채기 시작한 것 같습니다. 오징어 여객선이 계속 선회 비행만 하고 있었던 것도 그 때문이었습니다. 그들은 모종의 음모가 지구에서 벌어지고 있음에 틀림없다고 판단하는 것 같습니다.

그들을 어떻게 진정시켜야 할지, 뭐라고 말해야 할지 참으로 난감한 일이 아닐 수 없습니다. 그들이 이대로 그냥 되돌아가 버리고 나면 영영 어떤 외계인도 지구를 찾지 않을 것입니다. 아마 이런 우주선들도 다시는 볼 수 없게 될 것입니다. 그보다 먼저 메뚜기들을 찾아서 대기가 오염된 사태를 설명하든지 변명을 하든지 그래야 할 것입니다. 서두르지 않을 수 없습니다. 그들을 찾으러 어서 숲으로 가야겠지요.

하늘에 갇힌 새

새가 하늘을 날다가, 한눈을 팔고 날다가, 그만 하늘에 갇혀 버렸습니다. 꽁꽁 갇혀 버렸습니다.

달걀 귀신

나는 눈도 코도 귀도 없지만……

……이빨은 가지고 있지.

생각이 자라는 바위

그녀가 그 바위를 발견한 것은 우연이었습니다. 그 바위는 늘 산책하던 숲에서 약간 벗어난 나무 그늘에 있었습니다. 처음엔 그게 바위인 줄도 몰랐습니다. 바위 색깔이 그런 것인지 이끼가 잔뜩 끼어 있어서 그런 것인지 바위는 푸른 녹색을 띠고 있었습니다. 그동안 매일같이 근처를 지나치면서 발견하지 못했던 것도 그 때문이었습니다. 바위는 근처의 바위와는 생김부터 달랐습니다. 마치 구름 두 쪽을 이어 놓은 소파처럼 보였죠. 그녀는 그 바위에 푸른 바위라는 이름을 붙였습니다. 그리고 산책을 할 때마다 꼭 들러서 잠시 앉아 있곤 했습니다. 바위의 부드러운 감촉과 푸근한 느낌은 마치 집에 있는 것처럼 편안했습니다.

그날, 그녀는 아침을 먹고 집안일을 대충 끝내자마자 산책길에 나섰습니다. 사실 엊저녁부터 읽던 책을 어서 마저 읽고 싶었던 거였습니다. 집에 있으면, 밖에서 나는 소음과 가끔 울려 대는 전화 소리에 마음 놓고 책을 읽을 수도 없었습니다. 혹시

라도 옆집에서 찾아오는 날이기라도 하면 만사휴의지요. 그런데 그날 아침에 그 바위에서 책을 보면 정말 좋을 거라는 생각이 들었던 것입니다. 입던 옷 그대로 신발도 갈아 신는 걸 잊은 채 읽던 책을 끼고 바위를 찾았습니다.

그녀는 자리를 정하고 앉아 책을 펼쳤습니다. 곧 책 속으로 빠져 들었죠. 한참을 지났을까, 그녀는 문득 자신의 주변에 뭔가 움직이는 것 같은 느낌이 들어 고개를 들고 사방을 둘러보았습니다. 하지만 아무것도 없었습니다. 오늘따라 오가는 사람들도 보이질 않았지요. 햇살만 잎 사이를 비집고 조용히 흘러 들고 있었습니다. 그녀가 다시 책을 들고 몇 줄 읽기 시작하자 다시 뭔가 움직이는 것 같은 느낌이 들어 고개를 돌려 보았지만 사방은 여전히 고요하기만 했습니다. 그러다 우연히 바위에 시선을 던진 그녀는, 앉아 있던 바위 여기저기서 비죽 나와 있는 조그만 싹들을 발견했습니다. 처음 이 바위를 보았을 때도 그리고 오늘 아침에도 보지 못한 것 같은데 하고 생각했지만 그녀는 이내 대수롭지 않게 생각하고 다시 책 속에 빠져 들었습니다. 그리고 막 책의 다음 장을 넘기며 긴 숨을 들이켜는 순간 그녀는 깜짝 놀라 벌떡 일어났습니다. 아까 보았던 싹들이 훨씬 커져 있었던 것입니다. 정말이지 한 뼘은 더 커진 것 같았습니다. 이게 도대체 어떻게 된 일이지. 이렇게 빨리 자라는 식물은 들어 본 적도 없었습니다. 조심스럽게 잎을 들여다보아도 그저 평범한 나뭇잎 모양일 뿐입니다. 그녀는 이것저것 생각을 해 보았지만 역시 자기의 착각이 틀림없다고 생각했습니다. 그리고 책을 마저 보기 시작했습니다.

얼마 후 책을 덮고 일어났을 때 그녀는 다시 한 번 놀라지 않을 수 없었습니다. 분명 착각이 아니었습니다. 싹들은 이제 두어 뼘이나 자랐고 어느 것은 가느다랗던 푸른 대궁이 갈색의 제법 굵은 줄기로 바뀌어 있었던 것입니다. 이제 생각이고 뭐고 정신을 차릴 수가 없었습니다. 책이며 슬리퍼도 내던진 채 그녀는 그 길로 한걸음에 집으로 도망을 치고 말았습니다. 그리고 다시는 그 바위를 찾지 않았습니다.

그녀는 그 바위가 생각을 자라게 하는 바위인 줄을 몰랐던 것입니다. 물론 알 수야 없었겠지요. 그걸 알았다면 그렇게 놀라지는 않았을 것입니다. 그런 바위가 아무 데나 있지는 않습니다. 누구라도 그 바위를 찾고 싶다면 먼저 숲으로 들어가, 푸른 이끼가 낀 편안하게 보이는 바위를 찾아야 합니다. 편편하고 널찍한 바위인데 푹신하고 보송보송한 느낌을 주는 바위입니다. 반드시 책을 들고 가는 걸 잊어서는 안 됩니다. 그런 바위를 찾으면 거기에 조용히 앉아 몇 시간이고 책을 읽어 보십시오. 그냥 읽는 척해서는 안 되죠. 열심히 생각을 해 가면서 읽어야 합니다. 그리고 나서 바위를 살펴보십시오. 만일 바위에 조그만 싹이 자라는 게 보인다면 바로 그 바위를 찾은 걸 겁니다.

크레인

크레인을 기중기라고는 불러도 두루미라고 부르는 사람은 아무도 없지요. 모두들 크레인을 그저 크레인이라고만 알고 있습니다. 하지만 두루미가 없었다면 크레인은 발명되지 못했을 겁니다. 포크레인도 마찬가지지요. 아마 힘이 엄청 세고, 무지 크고, 사람 말을 잘 듣는 두루미가 있었다면 그렇게 힘들게 크레인을 만들지 않아도 되었을 것입니다.

옛날에 큰 두루미가 살았습니다. 두루미는 힘이 엄청 셌습니다. 높은 집을 짓던 사람들이 두루미를 찾아왔습니다. 힘을 좀 빌리자고 했죠. 높은 데까지 목재를 실어 나르는 데는 힘이 세고 목이 긴 두루미가 필요했을 겁니다. 하지만 고고한 두루미는 들은 척도 안 했습니다. 그건 인간의 일일 뿐이라고 콧방귀도 뀌지 않았지요. 그래서 사람들은 하는 수 없이 두루미를 닮은 기계를 만들었습니다. 목을 접었다 폈다 하면서 높은 곳에 물건을 옮길 수 있는 기중기가 그것입니다. 그리고 사람들은 그걸 보고 크레인이라고 불렀습니다. 굳이 두루미라고 부르지 않은 것은 두루미가 괘씸해서였을 겁니다.

*참고: 어떤 나라에서는 크레인(crane)을 두루미라고 부르기도 합니다.

도시를 나는 여인

거실에서 신문을 보다가 얼핏 아파트 창 밖으로 뭔가 휙 하고 지나가는 게 느껴졌습니다. 내다보니 도시 저편으로 선회하며 날아가는 여인의 모습이 보였는데 그녀는 아내임이 틀림없었습니다. 깜짝 놀라 얼른 주방 쪽으로 고개를 돌려 보았지요. 그때 아내는 막 설거지를 마치고 젖은 손을 앞치마에 닦으며 걸어 나오고 있었습니다.

설거지를 하려다 문득 지겨운 생각이 들어 그이를 불렀습니다. 하지만 그이는 신문에 머리를 박은 채 아니 처박고 들은 척도 않습니다. 마음 같아서는 보란 듯이 앞치마를 벗어 팽개치고 횡 하니 창 밖으로 날아가고 싶습니다. 하지만 그저 그렇다는 얘깁니다. 뭘 어쩌겠습니까. 그때 그이가 뭐에 놀란 듯한 눈으로 나를 빤히 쳐다보고 있었습니다.

펀치 드렁커

함성이 들렸다. 카운트 하는 소리가 어렴풋이 멀어져 간다. 의기양양하게 당당하게 두 손이 번쩍 들린다. 그런데 왜 이렇게 힘이 없을까. 사방이 고요해진다. 아무 소리도 들리지 않는다. 내가 정말 그를 눕힌 것일까. 환한 불빛이 종잇장처럼 창백해 보인다. 내가 쓰러뜨린 건 그가 아닐지도 모른다. 쓰러진 건 나일지도 모른다.

붙잡힌 외계인

안녕. 지구 친구들. 놀러 왔다가 잡혔어. 그냥 인사나 하고 지나려던 참인데. 다시는 지구에 오지 않을 거야. 몸을 잡았다고 마음을 잡은 게 아니라는 걸, 당신들은 우주가 끝날 때까지 알지 못할 거야.

나는 무엇일까요

이런 문제를 내서 정말 쑥스럽지만 내가 뭔지 알아맞혀 보세요. 정답을 아시는 분은 아무한테도 가르쳐 주지 마십시오. 평소에 우리에 대한 관심이 없었다면 그런 사람은 절대 맞힐 수가 없습니다. 하긴 답을 가르쳐 줘도 모르는 사람이 더 많긴 하더군요.

*힌트 : 우리는 살아 있습니다. 영원히 살기 위해 지금 열심히 노력하고 있는 중이구요. 눈치 채셨겠지만 우리는 하나가 아니라 둘이랍니다.

곱슬머리 아이

머리가 몹시 곱슬거리는 아이가 있었습니다. 하도 곱슬거려 아이들한테 놀림감이 될 지경이었죠. 아이는 그게 불만이었습니다. 머리를 잡아 뜯어 버리고 싶을 때가 한두 번이 아니었습니다.

그런데 정말 그런 일이 벌어졌습니다. 어느 날 밤 자다 일어나
보니 돌돌돌 뭉친 머리들이 한 줌씩 빠져나와 이불 위에서 뛰어
놀고 있는 게 아니겠습니까. 이걸 어쩌나.

아이는 깜짝 놀랐지만 곧 머리털 꼬마들과 즐겁게 놀았습니다. 그러다 잠이 들었지요. 아침이면 다시 곱슬머리로 돌아왔습니다. 그 뒤로 아이가 곱슬머리에 대해 불평하는 일은 없었습니다.

제2장 피라미드의 비밀

피라미드에 들어간 인간들이 다시 태어났는지는 알 수 없었습니다. 설사 다시 태어났더라도 아마 그 옛날 곤충인간들이 그랬듯이 다른 모습으로 태어났기 때문에 아무도 알아보지 못했을 겁니다. 커다란 쥐벌레나 하늘소로 태어났는지도 모르지요.

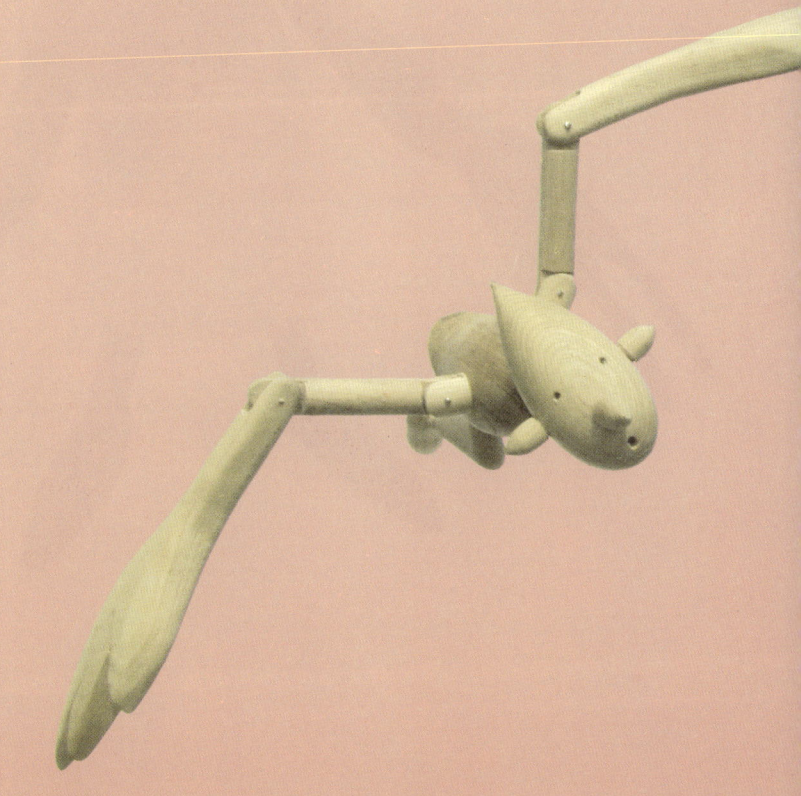

내 이빨 볼 텨

아무도 나에게 말을 거는 사람은 없었습니다. 내가 흉측하게 생겼기 때문에 그렇다는 걸 모르지는 않지요. 처음엔 몰랐지만 내가 다가가면 다른 사람들은 멀리서부터 도망을 쳤습니다. 다른 사람과 다르게 생겼다는 이유만으로 내게 말을 걸지 않는 걸 잘 이해하지는 못하겠지만 그건 어쩔 수 없는 일이더군요. 그래서 나는 어두운 다락방이나 냄새 나는 하수구 아니면 지하철 플랫폼 아래 같은 데서 스무 해를 살았습니다. 그렇다고 내가 다른 사람에게 말을 하는 걸 아주 포기한 것은 아닙니다.

물론 나는 다른 사람에게 어떻게 말을 걸어야 하는지를 배우지 못했습니다. 다른 사람들이 나에게 말을 걸어 왔을 때 어떻게 대꾸해야 하는지도 알지 못하지요. 하지만 나는 단 한 번도 다른 사람과 말할 기회가 올 순간에 대한 기대를 버린 적이 없습니다. 어느 때부터인가 나는 누군가를 만나면 먼저 말을 꺼내기로 작정했습니다. 인사부터 해야겠지. 나는 수십 번 아니 수천, 수만 번 연습을 했습니다. 드디어 어느 날 밤 후미진 뒷골목을 지나다가 희미한 가로등불 아래서 마주 오던 사람과 딱 마주쳤습니다. 나는, 심장이 쿵닥거리고, 어찌할 바를 몰라 당황했습니다. 그동안 연습했던 말들도 까맣게 잊어버렸습니다. 하지만 용기를 내어 입을 열었습니다.

'안녕하세…… . 내 이빨 볼 테여. 으앙.'

그리고 후닥닥 뒤도 돌아보지 않고 하수구로 내달렸습니다. 가슴은 마구 뛰었고 머릿속은 흥분으로 가득 찼습니다. 드디어 내가 다른 사람에게 말을 건 것입니다.

꽃을 꺾다

황소가 풀을 뜯고 있었습니다. 들판엔 널린 게 맛있는 풀입니다. 그런데 그만 꽃을 뜯고 말았습니다. 이걸 먹어야 하나 어째야 하나. 지금 그걸 고민하고 있는 중입니다.

당랑거책

당랑거책(螳螂拒冊)은 당랑거철(螳螂拒轍)에서 나온 말입니다. 그럼 당랑거철이 뭐냐구요. 그건 버마재비가 감히 수레에 대든다는 말입니다. 버마재비가 뭐냐구요. 그건 흔히 사마귀라고 부르는 곤충입니다. 사마귀가 제 힘만 믿고 거대한 수레를 막으려 대드는 꼴을 빗대어, 제 주제를 모르고 함부로 덤비는 어리석은 행동을 일컫는 말입니다.

당랑거책은 좀 더 심오한 말이지요. 제 짧은 소견은 생각치 않고 말로만 우겨 대는 사람들 있지 않습니까. 그런 사람들은 평소 책을 들여다볼 생각을 하기는커녕 책만 보면 거부하려는 어리석은 행동을 보이지요. 그걸 당랑거책이라고 한답니다.

그런 고사성어가 없다구요? 그런 건 들어 보지도 못했다구요? 바로 당신같이 알지도 못하면서 우기는 사람을 당랑거책이라고 한다구요.

피라미드의 비밀

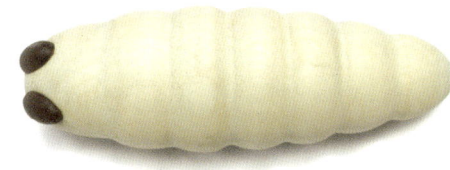

아주 먼 옛날에는 곤충인간들이 살고 있었습니다. 그들의 겉모습은 오늘날의 곤충들과 흡사했지만 몸집은 사람의 열 배도 넘었습니다. 엄청난 거구였음에도 단단하고 가벼운 껍질과 속이 빈 몸통을 가지고 있었기 때문에 몸은 날렵한 편이었습니다. 그래서 그들이 경중거리며 뛰어다니거나 하늘을 나는 모습은 장관이었습니다.

하지만 곤충인간들이 살고 있을 때는 모든 게 엉망이었습니다. 아니 엉망이라고 말할 수는 없겠군요. 곤충인간들이 제멋대로 태어나고 자기 멋대로 죽고 하는 걸 엉망이라고 말하면 섭섭하겠지요. 아무튼 그때 곤충인간들은 한 번 태어나면 웬만해선 죽는 법이 없었습니다. 게다가 몇 번이나 다시 태어날 수 있었습니다. 싸우다 죽거나 병들어 죽지 않는 한, 늙어서 죽는 법은 결코 없었지요. 하지만 언제 다시 태어나게 될지는 아무도 몰랐습니다. 그들은 다시 태어날 때마다 매번 다른 모습으로 태어났습니다. 자기 자신도 어떤 모습이 될 지 알 수 없었습니다. 어쩌다 벌레 모양으로 다시 태어나면 자신을 비관해 자살하는 곤충인간들도 없지는 않았습니다. 또다시 태어날 때까지를 참지 못하는 성질 급한 곤충인간들도 있게 마련이니까요.

　어느 때, 지구에 곤충인간들의 수효가 점점 많아지자 살기가 매우 힘들어졌습니다. 먹을 것도 살 곳도 점점 줄어들게 된 것이지요. 급기야 허구한 날 전쟁을 벌여 서로 죽이고 죽고 했습니다. 자살하는 곤충인간들과 마찬가지로 전쟁으로 죽은 곤충인간들은 다시 태어날 수 없었기 때문에 곤충인간들의 수는 엄청 줄어들게 되었습니다. 더 이상 전쟁은 일어나지 않았습니다. 그러자 곤충인간들의 수효는 금세 다시 불어났습니다. 또 전쟁이 일어났죠. 그러기를 수만 년, 곤충인간들의 역사는 말 그대로 전쟁과 평화의 반복이었습니다.

　어느 때에 이르러, 곤충인간들의 지능이 점점 높아지고 문화가 발달하게 되자 곤충인간들은 이제 더 이상 전쟁이 벌어지는 악순환의 고리를 끊기로 했습니다. 오랜 전쟁과 짧은 평화가 반복되는 지긋지긋한 역사에 종지부를 찍기로 한 것이지요. 현명하다고 소문난 곤충인간들이 모여 치밀한 계산과 통계를 동원한 결과, 마음대로 태어나 무한히 다시 살 수 있는 곤충인간의 운명을 뒤바꿔 놓지 않는 한 싸움을 그치게 할 방법이 없다는 결론에 이르게 되었습니다. 물론 많은 반대와 분란이 있었지만 결국 곤충인간의 수명을 제한하기로 한 결론은 지극히 자명한 것으로 판명되었습니다. 그래서 앞으로 모든 곤충인간들은 딱 세 번만 다시 살기로 협정을 맺기로 했습니다. 그리고 자기 맘대로 아무 데서나 태어날 수 없도록 했을 뿐 아니라 다시 태어날 시기와 장소까지 지정하기로 했습니다. 그렇지 않으면 도저히 통제가 불가능했으니까요. 그래서 지어진 것이 피라미드입니다. 곤충인간들이 다시 태어나기 위해서는 반드시 피라미드에 들어가야 했습니다. 곤충인간들의 크기에 맞게 피라미드는 매우 클 수밖에 없었습니다. 그리고 곤충인간들은 그들의 운명을 전 지구적으로 통제할 수 있도록 지구 곳곳에 피라미드를 지어 놓았습니다. 원래 피라미드는 두 종류가 있었습니다. 하나는 맨 처음 다시 태어나기 위한 곳이며 두 번째는 마지막으로 다시 태어나는 곳이었죠. 그러니까 어느 피라미드든 곤충인간들이 엄격한 통제와 감시 아래서 다시 태어나기 위해 머무는 장소였던 것입니다.

　전쟁이 끝났을까요? 만일 그랬다면 오늘날 지구는 곤충인간들이 지배하고 있었을 겁니다. 곤충인간들은 피라미드를 먼저 차지하기 위해 엄청난 전쟁을 또 벌였습니다. 그들이 왜 피라미드에 먼저 들어가려고 그렇게 애를 썼는지에 대하여는 아직 풀리지 않는 수수께끼로 남아 있습니다만 어쨌든 그 결과 곤충인간들이 멸종되었던 것입니다.

　그로부터 수억 년이 지난 후, 지구에는 전혀 다른 종인 인간들이 생겨났습니다. 그들은 곤충인간들과 달리 한 번만 태어나 한 번만 죽을 수 있었습니다. 그걸 몹시 억울해 하는 인간들도

없지 않았습니다. 특히 권력을 가진 욕심 사나운 인간들일수록 일생일사(一生一死)의 법칙에 대해 불만이 많았습니다. 그들은 다시 태어나는 방법을 수없이 연구한 끝에 드디어 그 옛날 곤충인간들이 만들었던 피라미드를 발견하게 되었습니다. 피라미드에 대한 오랜 조사 끝에 피라미드야말로 다시 인간을 태어나게 할 수 있는 비밀의 장소라는 결론에 이르게 되었습니다. 물론 이는 착각이었습니다. 알다시피 피라미드는 다시 태어나는 걸 통제하고 감시하는 장소였을 뿐입니다.

그러나 인간들은 곤충인간들이 남겨 놓은 거대한 피라미드 속으로 들어가 곤충인간들이 하던 짓을 흉내 내기 시작했습니다. 죽은 인간을 번데기처럼 만들어 놓는 습관도 거기서 비롯되었습니다. 그들은 번데기를 미라라고 불렀지요. 벽에는 그 옛날 곤충인간들의 왕이었던 풍뎅이를 그려 놓고 자신을 곤충인간인 것처럼 보이게 했습니다. 항아리를 만들어 거기에 장기를 쏟아 부었습니다. 남아 있는 항아리에 담긴 화석을 보고 그것을 곤충인간들의 창자라고 생각했던 것이지요. 사실 빈 알통으로 만든 항아리는 곤충인간들이 다시 태어날 때를 기다리며 쓰던 오물통이었습니다.

　피라미드에 들어간 인간들이 다시 태어났는지는 알 수 없었습니다. 설사 다시 태어났더라도 아마 그 옛날 곤충인간들이 그랬듯이 다른 모습으로 태어났기 때문에 아무도 알아보지 못했을 겁니다. 커다란 쥐벌레나 하늘소로 태어났는지도 모르지요.

*보론: 참고로 곤충인간들의 멸종에 대해서 최근에는 이설이 분분합니다. 일군의 학자들은 곤충인간이 세 번을 다시 태어나도록 협정을 맺은 건 사실이지만 동시에 몸집을 줄이기로 했기 때문에 멸종을 면했을 뿐 아니라 오늘날까지 살아남았다는 것입니다. 오늘날의 곤충들이 아직도 세 번을 다시 태어나는 게 곤충인간들의 후예인 증거라고 합니다. 그래서 곤충들은 아직도 먼저 피라미드를 차지하기 위해 매일 전쟁을 벌이고 있는 거랍니다.

억지로 하늘 날기

날개가 있으면 하늘을 날 수 있을 것입니다. 그건 간단한 일인 것처럼 보였습니다. 두 팔을 날개로 진화시키면 되니까요. 나는 기린의 목이 왜 길어졌는지쯤은 알고 있습니다. 하루를 온통 나는 연습으로 보냈습니다. 그러기를 10년, 드디어 두 팔이 날개 모양을 닮아 갔습니다. 퇴화한 것처럼 보이긴 하지만 분명 진화한 것이지요. 하지만 날 수는 없었습니다. 팔이 부러져라 흔들어 보아야 겨우 10센티미터를 5초 동안 날 수 있었을 뿐입니다. 그러기를 10년, 두 팔은 더욱 날개를 닮아 갔습니다. 이제 50센티미터 높이로 30초 가량은 머물 수 있었습니다. 그러기를 다시 10년, 이제 3미터 높이를 1분 가량 떠 있는 건 일도 아니었습니다. 그러기를 또다시 10년, 드디어 하늘을 나는 데 성공했습니다.

억지로라도 하늘을 날고 싶은 사람들에게 권하는 가장 좋은 방법입니다.

탄생

우선 나무토막을 하나 주워 몸통을 깎습니다. 조금 가는 나뭇가지로는 팔과 다리를 만듭니다. 몸통에 구멍을 뚫고 팔과 다리를 박아 넣습니다. 약간 굵은 나무토막으로는 머리를 깎습니다. 눈, 코, 입을 그려 넣습니다. 물론 귀도 만들어 붙여야 합니다. 아 참, 머리 한가운데 적당한 구멍을 뚫어 놓는 걸 절대 잊어서는 안 됩니다. 그리고 냇가에 가서 딱 맞는 조약돌을 하나 주워 옵니다. 그걸 머리에 뚫린 구멍에 넣고 정성스럽게 꿰맵니다.*

여기까지 다 하셨나요. 그럼 이제 당신은 창조주이십니다.

*아내는 이 대목에서 그걸 어떻게 꿰매냐고 따지고 들었습니다. 말도 안 된다는 거죠. 그렇다면 꿰매지 말든지, 그도 아니면 테이프로 붙여 버리든지 알아서 해야지 그걸 일일이 말해 줄 수는 없노라고 말했습니다.

똑같다

그런 적 없나요.
길을 가다가 나랑 똑같이 생긴
벌레를 만난 적 없나요.
아직 만나지 못했다면
언젠간 틀림없이 만나게 될 거예요.
그땐 놀라지 말아요.
벌레가 더 깜짝 놀라 달아나기 전에,
얼른 먼저 인사를 해요.
그러면 금방 친구가 될 테니…….

십이지 동물농장

처음 동물농장의 우두머리인 돼지가 농장 식구를 소집했을 때는 소, 말, 닭, 양, 토끼뿐이었지요. 그들이야말로 인간들에게 착취당하는 짐승들로서 진정한 의미의 농장 주인이 될 자격이 있다고 판단했으니까요. 그러자 원래 농장 주인의 사랑을 독차지하고 있었던 개와 원숭이가 반발을 했습니다. '젖을 내어 주고, 털을 뽑아 주며, 알을 빼앗기고, 몸을 갖다 바치는 것만이 착취가 아니다. 한 조각의 생선뼈를 얻기 위해 밤잠을 자지 못하고, 기껏 먹다버린 과일 조각을 바라며 내키지 않는 아양을 떨어야 하는 비참함을 너희가 아느냐.' 라고 말이지요. 그들의 말인즉 틀리지 않은지라 개와 원숭이 역시 새로운 농장의 식구로 받아들이기로 했죠. 그러자 어디서 쥐와 뱀이 나타나 진정한 주인이 자기들이라고 소리치며 말했습니다. 모두들 어이없어 했습니다. 돼지가 대표자 자격으로 나서며 말했습니다. '너희들은 농장의 식

량을 몰래 축내는 것들 아니냐. 옥수수를 훔쳐 먹고 달걀을 집어 삼키며, 들판의 어린 양들을 놀래키는 너희들은 농장 식구가 될 자격이 없다.' 모두들 그 말에 동의하며 고개를 끄덕였습니다. 여기저기서 '그건 사실이야. 쟤네들 때문에 얼마나 우리가 힘들 었는데.' 하고 중얼거리는 자들도 있었습니다. 그러자 쥐가 재빨 리 나서며 말했습니다. '너희는 진정한 저항 정신이 뭔지를 몰 라. 너희들 중에 그동안 인간에게 반항하여 그들에게 겁을 주고 그들의 식량을 빼앗아 본 자가 있느냐. 수시로 유격대를 조직하 여 습격을 하고, 매복을 하면서 그들의 발뒤꿈치에 일격을 가했 던 전과를 올려 본 적 있느냐 말이다. 인간의 눈치만 살피던 너 희들이 과연 농장의 주인이 될 자격이 있는지 의심스럽다.' 모두 들 쥐의 날카로운 목소리에 겁을 먹고 잠잠해졌습니다. '특히 너, 돼지야말로 탐욕스럽게 너의 밥그릇만 챙기며 인간을 살찌 웠던 동물 아니었던가.' 옆에서 시퍼런 눈을 가늘게 뜨고 뱀이 거들자 더 이상 돼지는 아무 말도 못하고 맨 뒷자리로 물러앉았 습니다. 쥐와 뱀은 모두에게 말했습니다. '이제 인간들과의 전쟁 이 곧 벌어질 것이다. 집짐승인 너희들과 함께 곧 있을 싸움에 대비한다는 것은 계란으로 바위 치기지. 그래서 우리는 인간과

겨룰 만한 용맹하고 위엄 있는 동물, 모든 동물을 대표할 수 있는 우리의 지도자를 모셔 '와야 할 것이다.' 모두들 웅성거리기 시작했습니다. 사태가 어쩐지 심상치 않게 돌아가고 있다는 것을 감지했기 때문이지요. 하지만 '모든 털 짐승의 우두머리인 호랑이와 비늘 짐승의 우두머리인 용과 깃털 짐승의 우두머리인 독수리야말로 우리 동물농장을 이끌어 갈 바람직한 지도자라고 생각한다.'고 쥐가 말하는데도 아무런 대꾸도 못했습니다. 다들 호랑이와 용과 독수리가 농장으로 들어온다는 말에 앞이 캄캄해졌

지만 영민한 쥐의 논리를 당해 낼 재간이 없었고 뱀이 가운데 서서 싸늘한 독기를 뿜어 내는 데 질려 어쩔 수 없이 고개만 끄덕이고 있었습니다. 그리하여 쥐는 호랑이를 불러오고 뱀은 용을 불러왔지만, 독수리를 불러오기로 한 닭은 독수리를 만나 보지도 못하고 돌아왔습니다. 도저히 하늘 높이 날 수가 없었기 때문이지요. 이제 동물농장의 식구는 모두 열둘이 되었습니다. 그리고 각자 무기를 들고 곧 있을 인간과의 한판 승부를 준비하고 있었습니다.

비를 좋아하는 아이

아이는 비를 좋아했습니다. 하늘에서 내리는 건 무엇이든 다 좋아했지요. 걱정이 아닐 수 없습니다. 우산을 들려 줘도 내팽개쳐 버리고 빗속을 뛰어다녔습니다. 아무리 말려도 소용없습니다. '그건 산성비란다. 오염 물질이 잔뜩 밴 ph 5.6 이하의 더러운 물방울일 뿐이지.' 그렇게 말해도 소용없습니다. '머리털 다 빠진다.' 그렇게 협박해도 들은 척도 하지 않습니다. 하늘을 올려다보며 받아 먹기까지 합니다. 이 아이를 도대체 어쩌면 좋을까요.

무시무시한 것

그게 뭔지는 모르겠습니다. 그건 바람 같기도, 구름 같기도, 불덩어리 같기도, 사자 같기도 했습니다. 그건 불덩이처럼 뜨겁고, 구름처럼 흩어지기도 하고, 바람처럼 빠르고, 사자처럼 사납게 내달렸습니다. 타고 달렸는지, 매달려 하늘을 날았는지, 붙들고 바다를 헤엄쳤는지 알 수도 없었습니다. 다만 엄청난 속도로 정신없이 내달렸다는 것은 틀림없는 일입니다. 떨어지지 않으려고 기를 쓰고 매달렸던 기억밖에 없습니다. 그래서 무얼 보았는지 누굴 만났는지도 모르겠습니다.

드디어 그놈에게 놓여나 갑자기 어쩔한 평온이 찾아왔을 때, 그놈이 무엇이었는지 어렴풋이 알게 되었습니다. 도중에 누굴 만났는지 무슨 일이 벌어졌었는지도 희미하게 알 것 같았습니다. 하지만 그땐 이미 더 이상 그놈이 뭔지를 아는 게 아무런 의미도 없을 때였습니다. 더 이상 이 세상을 기억할 수 없는 순간이 온 것이기 때문입니다.

고슴도치

하늘을 나는 물고기가 있고 바다 속을 헤엄치는 새가 있듯이 세상에는 생각치도 못한 존재들이 있게 마련입니다. 내가 기르고 있는 고슴도치가 그렇습니다. 이 고슴도치는, 이 녀석을 고슴도치라고 말해도 될지 모르겠지만 생김새가 그러니 일단 그렇게 부르기로 합니다, 나의 등짝에서 발견되었습니다. 하루는 등이 몹시 가렵고 따가워 손으로 긁으려다 손이 닿지 않아 막대기를 옷 사이로 집어 넣었는데 뭔가 딱딱한 게 살 끝에 걸려 있었습니다. 몹시 아프기도 했죠. 힘을 주어 간신히 떨어뜨렸습니다. 아마 진드기일 거라고 생각했습니다. 더럽고 끔찍해서 바닥에 떨어진 걸 주워 얼른 내다 버리려고 했지만 아무리 애를 써도 집어지지가 않았습니다. 마룻바닥에 붙어 버린 줄 알았지요. 간신히 칼로 떼어 낼 수 있었습니다. 그러면서 들여다보니 이제까지 본 적이 없는 벌레였습니다. 손톱만 한 벌레는 온몸이 털로 뒤덮여 있고 자세히 보면 털들이 모두 가시로 되어 있어 마치 도깨비바늘을 보는 듯했습니다. 손으로 건들면 성을 내는지 가시를 곤추세웠는데 놀랍게도 거기서 푸른 빛을 뿜었습니다. 또 한 가지 놀라운 것은 녀석의 무게였습니다. 손 위에 올려 놓으면 그 무게가 장난이 아니었습니다. 손톱만 한 게 어찌나 무거운지 다른 한 손으로 받쳐 들어야 했습니다.

녀석을 길러 보기로 했습니다. 다행스러운 것은 녀석이 그리 날래지 않아 잘 도망가지 못한다는 것이었습니다. 도망가기는커녕 달팽이도 녀석보다는 훨씬 빠를 정도입니다. 유리병 속에 넣고는 먹이를 넣어 주었습니다. 육식성인 것은 틀림없기에 먹이는 육포를 썼지요. 며칠은 그런대로 꼼지락거리는 것 같더니 어느 날 보니 도무지 어디로 갔는지 보이지를 않았습니다. 이리저리 찾다가 육포에 달라붙어 있는 놈을 발견했는데, 어라, 몸집이 절반도 안 되게 줄어들어 있었습니다. 처음엔 다른 놈이 왔거나 새끼를 쳤는 줄 알았습니다. 그건 아니었지요. 그러다 며칠 동안 일이 바빠 녀석에 대해 잊고 지냈습니다. 한 일주일이 지나 녀석에게 먹이 주는 걸 잊은 게 갑자기 생각이 나서 유리병을 찾았습니다. 그런데 이번엔 녀석의 몸집이 두 배나 커져 있었습니다. 무얼 먹었는지 몰라도 크기가 엄지손가락만 하게 불어서 전혀 다른 놈인 줄로만 알았습니다.

제법 커지자 녀석이 그런대로 귀엽게 생겼다는 걸 알 수 있었습니다. 가시들은 바늘처럼 커져 위험했지만 살짝 건들면 여전히 푸른 빛을 내는데 이전보다 훨씬 밝은 빛이었습니다. 녀석이 더 클 수 있을지도 모른다고 생각한 나는 이번엔 먹이를 많이 넣어 주었습니다. 그런데 녀석은 오히려 날마다 점점 몸집이 줄어들기 시작했습니다. 그러더니 한 달이 지나자 깨알보다 작아져 돋보기가 아니면 거의 찾을 수 없을 정도가 되었고 그 후 일주일 뒤에 먹이가 다 없어지자 녀석 또한 유리병 속에서 깨끗이 사라져 버렸습니다. 그런데 그게 아니었습니다. 그냥 두었던 빈 병에 녀석이 다시 나타나기 시작한 것은 며칠이 지난 뒤였습니다. 배추씨만 하게 나타난 녀석은 아무것도 주지 않았는데 매일 조금씩 커지고 있었습니다. 그랬던 것입니다. 녀석은 어찌된 일인지 먹이를 먹을수록 작아졌고 굶을수록 커졌던 것입니다. 도대체 어떻게 그런 일이 있을 수 있을까마는 분명 그런 걸 어찌하겠습니까. 녀석을 한 달쯤 내버려 두었더니 주먹만 해져서 하는 수 없이 병을 깨고는 꺼낼 수 있었습니다. 이제는 그냥 책상 위에서 키우기로 했죠. 절대 책상을 벗어나는 일이 없었습니다. 녀석의 몸무게는 점점 늘어나 두 손으로 간신히 들 정도가 되었는데 그러다 보니 책상에서 떨어지는 날에는 그 자신의 몸이 성치 않을 것이라는 것을 알고 있나 봅니다. 몇 달 뒤 녀석의 몸은 정말 고슴도치만 하게 되었습니다. 그 정도 커지자 녀석에 대해 보다 많은 것을 알게 되었습니다. 생김은 영락없이 고슴도치지만 얼굴은 뭉툭하고 반들반들하며, 네 개의 발가락이 달린 네 발을 가지고 있었습니다. 얼굴을 제외하고는 모두 가시로 뒤덮였는데 커 갈수록 바늘 같던 가시의 끝은 그렇게 날카롭지 않았습니다. 이 짐승, 이쯤 되면 벌레라고 불러서는 안 될 테지요, 이 어기적거리고 움직이는 모습은 하도 느려서 움직이는지조차 알 수 없을 정도지만 건들기만 하면 가시를 세우고 불을 켜는 속도는 매우 빨랐습니다. 이 고슴도치가 동물처럼 생긴 건 틀림없지만 그렇다고 유기체라고 말할 수는 없었습니다. 들여다보고 만져 보기도 하면서 드는 생각은 어쩌면 무기물이나 금속체 그러니까 쇳덩이로 만들어진 것이 아닌가 하는 것이었습니다. 하지만 그것도 올바른 판단은 아니었습니다. 고슴도치에 먹을 것을 가까이 놓기만 해도 그러니까 유기물이 가까이 닿으면 몸집이 줄었고, 멀리하면 다시 늘어났습니다. 손으로 자꾸 만지면 그만큼 몸이 줄었고 그냥 내버려 두면 점점 커졌습니다. 그냥 쇳덩이라면 도저히 그럴 수는 없을 것입니다. 그 현상은 도무지 어떤 과학적 지식을 가지고도 설명할 수 없을 것 같습니다. 혹시 이 고슴도치의 내부에 블랙홀이라도 들어 있을지 모른다고 생각했지만 그런 황당한 가정으로도 설명할 수는 없는 일입니다. 이 고슴도치가 번식을 하는지, 한다면 어떻게 하는지 아직은 알 수 없습니다만 새끼를 낳는다면 되도록 많은 사람들에게 나눠 줄 생각입니다. 혹시 분양을 원하는 사람은 미리 알려 주시기 바랍니다. 그때까지 기다릴 수 없는 분들은 우선 등이 가려울 때마다 주의 깊게 살펴보시기 바랍니다.

큰 물고기

큰 물고기가 저수지에 산다기에 한번 보러, 여차하면 잡으러, 갔다. 날은 잔뜩 흐리고 무더운데 수면마저 잠잠해 미동조차 없었다. 둑에 올라 앉자 비릿한 물 냄새가 더위에 묻어 옷 속으로 밀려든다. 숨이 막힌다. 물 속은 흐리다. 푸른 이끼가 물 분자 사이에라도 낀 것인지 물색이 짙다. 한 자 깊이도 볼 수 없다. 큰 물고기가 있더라도 수면 위로 튀어 올라 날 좀 보소 하기 전까진 그림자도 못 볼 것이다. 건너편 기슭에 늘어진 버드나무가 가지를 물속에 담그고

이따금 고기를 낚은 척 흔들리는 것 말고는, 된장잠자리들이 물 속에 꼬리를 목욕시키는 것인지 알을 낳는 것인지 여기저기서 나대는 것 말고는, 너무 무거운 고요함이다. 그때, 바로 그때, 졸음에 겨워 세상이 반쯤 닫히려 할 순간, 수면을 가르고, 하늘로 솟아오르며, 큰 물고기가 나타났다. 화들짝 놀라 눈을 떠 보니 큰 물고기는 벌써 물속으로 사라졌는지 아니면 그대로 하늘로 내뺐는지 보이지 않고, 저수지 한복판에서 원을 그리던 물결들만 발끝으로 밀려오고 있었다.

구름 위의 천사

맑은 날, 모든 게 투명하여 속까지 훤하게 들여다보일 것 같은 그
런 날은 슬퍼집니다. 아름답고 완벽한 세상을 바라보는 나의 모습
만 한없이 초라하게 드러나기 때문일까요. 그럴 때 어디서 구름 한
점이라도 나타나 하늘에 걸리면 갑자기 마음이 가벼워집니다. 세상
이 완벽하지만은 않다는 것이 다행스럽기까지 합니다. 모름지기 천
사라는 것이 있다면 맑은 날의 한 점 구름처럼 내 마음의 티끌이 되
어 줄 수 있어야겠지요.

호랑이와 아이

옛날 호랑이 한 마리가 숲 속에 살았습니다. 깊은 숲에 혼자 살려니 심심해 견딜 수가 없었지요. 그래서 마을로 내려가 아이 하나를 등에 업고 오곤 했습니다. 호랑이는 아이를 데리고 실컷 놀다가 저녁이 되면 집에 데려다 주었습니다. 물론 호랑이 등에 실려 간 아이는 매번 기절을 했지요.

그렇게 십 년이 흘렀습니다. 아이는 힘센 청년으로 자랐습니다. 그리고 이제 더 이상 호랑이의 등에 업혀 가는 일은 없었습니다. 그대신 아이는 심심할 때마다 산으로 올라가 호랑이를 맨손으로 때려눕혔습니다. 물론 그럴 때마다 호랑이는 매번 기절을 했죠. 아니 기절한 척했습니다. 호랑이는 늙었지만 아직 아이와 싸울 힘은 남아 있었으니까요.

호랑이는 아이가 날린 주먹을 맞을 때마다 행복하긴 했습니다. 그렇지만 앞으로 얼마나 더 기절하는 척해야 할지 막막하기만 했습니다. 아이의 힘이 점점 더 세졌기 때문입니다.

죽음과의 악수

죽음이 아주 작은 손을 비죽 내밀었을 때, 살짝 그의 손을 잡았습니다. 차가운 냉기가 손끝을 타고 전신에 퍼져 왔습니다. 그의 눈을 똑바로 쳐다보았지만 아무것도 볼 수 없었습니다. 그의 깊게 뚫린 눈은 텅 비어 있었습니다. 처음이자 마지막일 것 같은 순간, 나는 그의 손을 가볍게 흔들어 최소한의 예의를 갖추고자 했습니다. 그러자 그는, 모든 게 장난이라는 듯이, 키들거리며 웃기 시작했습니다. 덜그럭거리는 그의 웃음소리를 듣는 게 그렇게 썩 기분 좋은 일이라고 말할 수는 없었습니다. 내가 얼른 손을 뿌리치자 그는 벌컥 화를 냈습니다. 다시는 그의 손을 먼저 잡을 생각은 하지 않기로 했습니다.

제3장 고집 센 당나귀의 마력 재기

상갓집에 비루먹은 개도 있고, 장마통에 비 맞은 고양이도 있고, 지하도의 남루한 거렁
뱅이도 있는 거고, 하다못해 검은 연기 폴폴 내는 똥차도 있는데, 어디 말라 비틀어진 용
인들 없을라구요. 세상에는 꼬지지한 용도 얼마든지 있을 수 있답니다.

폭주족

달립니다. 씽씽 달립니다. 어디로 가는지 왜 달리는지 알 필요
도 없습니다. 그냥 달립니다. 다가오는 세상이 잠시도 머물지 못
하게 달리고 또 달립니다. 온몸이 속도에 붙잡혀 꼼짝할 수 없
을 때까지 죽도록 달립니다. 손끝에서 발끝까지, 머리 끝에서 엉
덩이 끝까지 바람이 잔뜩 와서 박힐 때까지, 바람이 온몸을 뚫
고 지나갈 수 있을 때까지 내달립니다.

　멈춰 버린 세상에선 나를 찾지 마십시오. 스쳐 지나가는 세상
에서 나를 찾을 수는 없습니다.

삽새

삽 한 자루가 있었습니다. 머리는 납작하고 단단한 쇠붙이였고, 몸통은 부드럽고 질긴 나무였습니다. 삽은 태어나자마자 죽도록 일을 해야 했습니다. 태어나자마자는 아니었군요. 얼마간 진열대에 누워 주인을 기다리며 빈둥거릴 때도 있었으니까요. 어쨌든 한번 일이 시작되자 도무지 쉴 틈이 없었습니다. 모래며 자갈이며 흙이며 심지어는 고약한 몰타르까지 어디론가 퍼 날랐습니다. 피곤해 미칠 지경이었죠. 온몸이 성한 데가 없었습니다. 이빨은 돌멩이에 부딪혀 몇 개나 빠져 버렸고 무거운 걸 하도 들어 목뼈가 덜덜 떨리고 손목은 시큰거려 제대로 힘도 쓰지 못했습니다. 어쩌다 쉴 때도 있었습니다만 그저 땅바닥에 내팽개쳐져 밤이슬을 고스란히 맞아야 했고, 비오는 날이면 오는 비를 홀딱 다 맞아야 했지요. 머리는 점점 녹슬어 정신이 혼미해지고 몸은 썩어 들어 만신창이가 되었습니다. 도저히 그 몸으로는 더 이상 일을 할 수 없었습니다. 그래서 어느 날 고된 일이 시작되자마자 삽은 자기 손목을 뎅겅 분질러 버렸습니다. 주인이 황당해 하는 모습이 얼마나 고소했던지. 멋진 복수를 한 것입니다. 그리고 얼마간은 좀 편할 수 있었습니다. 하지만 그것도 잠시뿐이었습니다. 이제 개똥을 치우거나 쓰레기를 내다 버리는 일을 도맡아 해야 했으니까요. 힘은 들지 않았지만 정말 고역이 아닐 수 없었습니다. 그래서 이번엔 아예 목을 분질러 버렸습니다. 덜렁 머리만 남았죠. 더 이상 바랄 것도 없었습니다. 몸은 썩어 어디론가 사라져 버렸고 머리는 그런대로 아직 쓸 만했지만 그것으로는 아무것도 할 수 없었으니까요. 그날 주인이 더는 참지 못하겠다는 듯이 삽을 집어 던지며 이렇게 말했습니다. '너는 뭐가 그렇게 불만이 많은데?' 하지만 삽은 너무 갑작스러운 질문이라 아무 말도 하지 못했습니다. 그렇게라도 물어 주는 주인이 고마워 울컥 눈물이 나올 뻔했습니다. '도대체 뭐가 되려고 그러는데?' 주인이 다시 다그치자 삽은 이제 그만 쇠로 다시 돌아가 쉬고 싶을 뿐이라고 말하고 싶었습니다. 정말이지 끓는 쇳물에라도 덤벙 뛰어 들어가 다른 새로운 삶을 살고 싶은 마음이 간절했습니다. 하지만 말이 제대로 나오지 않았지요. 간신히 '쇠……' 라고 말하고 말았을 뿐입니다. '새라고?' 주인은 알았다는 듯이 그를 끌고 가 망치로 두들겨 대고 뜨거운 전기로 지지더니 '이제 됐지?' 하고는 휭 하니 나가 버렸습니다. 그래서 삽은 팔자에 없는 새가 되었습니다.

짐을 실은 노새

짐을 잔뜩 실은 노새가 말했습니다.
'짐은 곧 나다.'

비행접시 구출하기

그 망할 놈의 비행접신지 접시 비행긴지가 차원의 계곡에 추락했다는 연락이 온 것은 오늘 아침이었습니다. 비행접시를 구출하기로 한 사령부의 결정이 없었다면 나는 한가롭게 운석의 강에서 낚시를 즐기고 있었을 겁니다. 비행접시가 어쩌자고 그곳까지 기어 들어가게 되었는지 자세한 상황은 알 수 없었습니다. 이제 시공간을 횡단하는 차원의 축들을 이어 주는 거대한 우주 연결 공사가 시작되려는 참인데 덜컥 이런 사태가 일어나게 되어 모두들 당혹스러워 하지 않을 수 없었던 것은 사실입니다. 그 비행접시도 아마 우주 연결 프로젝트의 일환으로 조사차 위험 지역을 무리하게 통과하려다가 일을 당한 것 같습니다. 현재로서는 지금 개발 중인 차원의 추를 타고 그곳까지 도달하는 것 말고는 접근이 불가능하다는 것을 모르는 바는 아닙니다. 사실 차원의 추를 처음 고안한 장본인이 나였기 때문에, 위험을 무릅쓰고, 아직 시험 운행도 거치지 않은 장치를 타야 하는 임무를 맡

게 된 것입니다. 매번 그렇듯이 일은 지들이 저질러 놓고 수습
은 엉뚱한 사람에게 뒤집어씌우는 버릇은 도무지 고치려 들지
않습니다.

처음 이 장치를 고안해 냈을 때 나는 영웅 대접을 받았습니다.
그도 그럴 것이 우주 대폭발 이후 여기저기 흩어져 버린 시간의
축들과 차원 축들을 연결해 우주를 하나로 연결하는 거대한 도
로망을 건설하려는 야심 찬 계획의 단초를 마련한 것도 나의 장

치에 힘입은 바 컸기 때문입니다. 계획대로 우주 대도로가 완성된다면 그야말로 우주 끝 어디라도 간단히 오갈 수 있는 새로운 세계가 열릴 것입니다. 이제까지는 우주 여기저기 흩어져 있는 검은 구멍을 찾아 사건의 지평선이라고 불리는 곳까지 무리를 해서 접근해야만 우주 여행을, 그것도 매우 제한된 범위 내에서, 할 수 있었습니다. 몇 세기 전 사람들은 시간 여행을 한답시고 아무런 대책 없이 검은 구멍에 뛰어들거나 비용이 엄청나게 드는 벌레 구멍을 만드는 시도를 했다고 들었습니다만 그게 성공했다는 기록은 어디에도 남아 있지 않았습니다.

　사람들은 이론상으로 시간과 사건의 광추면을 따라 시간 여행과 차원 여행을 가능케 하는 지점을 알아내긴 했지만 그곳을 어떻게 열어야 하는지를 알지 못했습니다. 존재의 소멸점이 미래의 광추면과 과거의 광추면이 교차하는 지점인 현재에 존재한다는 간단한 사실을 알아채지 못한 것입니다. 내가 생각한 방법은 이렇습니다. 우주의 검은 구멍 — 물론 그게 클수록 유리합니다만 — 근처에 사건의 지평선이 형성된 곳은 물질이 소멸되면서 동시에 반물질이 형성되는 교차점이라는 것에 주목했습니다. 사실 그것은 이미 수세기 전부터 알려진 사실이긴 했습니다. 그 틈은 존재와 소멸이 무한한 진동을 이루면서 소용돌이치는 카오스 상태일 것입니다. 거기를 우리는 흔히 차원의 계곡 혹은 존재와 소멸의 늪이라고 부릅니다. 바로 그 지점에서 차원과 시간과 존재가 교차하게 되는데, 그 틈으로 반물질과 물질이 꼭지점으로 연결되어 제작된 추를 거꾸로 삽입하여 꼭지점을 그 틈에 정확히 일치시키면 차원과 시간의 이동이 자유로울 수 있다는 사실을 발견한 것입니다. 차원과 시간과 존재의 위상학적 관계에 대한 수식을 푸는 데 애를 먹긴 했지만 그건 위상 수학자들이 알아서 해결해 주었습니다. 이 차원의 추를 제작하는 방법에 대하여는 극비 사항이라 자세히 밝힐 수는 없지만 우주 도처에 흔하게 발견되는 매우 작은 검은 구멍을 여러 개의 다발로 묶는 기술이 핵심이라는 사실만 밝혀 둡니다. 아무튼 내가 고안한 차원의 추를 바탕으로 시간과 차원과 존재가 교차하는 틈을 서로 이어 전 우주에 흩어져 있는 다른 유사한 지점을 연결하는 안정된 시스템을 구축하려는 우주 연결 프로젝트가 시작된 것입니다.

한번 재미 삼아 만들어 본 장치로 거대한 우주 프로젝트가 시작된 것은 우쭐할 만한 일이긴 했지만, 그렇다고 차원의 계곡에 빠진 비행접시를 구출하는 임무까지 나에게 떨어진 것은 불만이 아닐 수 없습니다. 늘 당하는 일이긴 하지만 해결 방안을 제시한 사람이 꼭 그 일을 몽땅 뒤집어써야 한다면 누가 새로운 제안을 내놓겠습니까.

비루먹은 용

용이라고 다 늘씬한 몸매에 반짝이는 비늘과 힘찬 팔을 가지고
있는 건 아니랍니다. 멋진 뿔과 늠름하게 휘날리는 수염, 사나운
눈과 날카로운 발톱이 없다고 용을 용이 아니라고 할 수 있나요.
상갓집에 비루먹은 개도 있고, 장마통에 비 맞은 고양이도 있고,
지하도의 남루한 거렁뱅이도 있는 거고, 하다못해 검은 연기 폴
폴 내는 똥차도 있는데, 어디 말라 비틀어진 용인들 없을라구요.
세상에는 꼬지지한 용도 얼마든지 있을 수 있답니다.

고집 센 당나귀의 마력 재기

고집 센 당나귀가 있었습니다. 그리고 잘난 척하기 선수였지요. 자기가 말보다 노새보다 훨씬 힘이 세다고 늘 뻐기고 다녔습니다.

어느 날 그걸 증명하기 위해 자청해서 마력 시험을 해 보기로 했습니다. 그런데 당나귀는 굳이 뒤로 끌겠다고 고집을 피웁니다. 뒤로 끌어도 마력쯤은 우습게 넘을 거라고 말이지요. 75킬로그램의 돌멩이를 1미터 끄는 힘이 1마력이지요. 당나귀는 게다가 돌멩이를 곱절이나 무거운 것을 끈다고 합니다. 앞으로는 150킬로그램의 무게를 2미터 끄는 걸 1당나귀력이라고 불러 달

라는군요. 그러니까 말대로만 되면 1당나귀력은 4마력이 되겠군요.

드디어 당나귀가 수레를 끌었습니다. 그런데, 애개개. 겨우 25센티미터를 끌었을 뿐입니다. 잘난 척하던 당나귀에게 망신살이 뻗쳤군요. 그리하여 당나귀력은 그렇게 정해졌습니다. 기록이 하도 민망한지라 뒤로 끈 걸 봐 줘서 앞으로 끈 힘의 절반으로 인정하기로 했습니다.

그렇다면 실제 1당나귀력은 몇 마력일까요?

캥거루의 회초리

궁금한 게 있습니다. 말썽 피우고 제 방으로 도망간 캥거루 새끼를 어떻게 혼내 줄까요. '이리 나오지 못해.' 그럴까요, 아니면 그냥 회초리를 들고 두들겨 팰까요.

회오리바람

회오리바람이 불었답니다.

연못 위에 불었답니다.

못물이 다 달려 올라갔답니다.

거기 살던 미꾸라지와 붕어들도 다 빨려 올라갔더랍니다.

하늘을 정신없이 떠돌다가 눈을 떠 보니 여기더랍니다.

앞마당에 떨어진 물고기들이 한결같이 하는 이야깁니다.

포크레인 발톱을 쓴 새

어느 날 새 한 마리가 길을 가다가 어마어마한 새를 보았습니다. 그 새는 거대한 체구를 가지고 있었고 위풍당당한 모습에다 울음소리 또한 우렁우렁했습니다. 지나가던 새는 그를 하염없이 바라보고 부러워했습니다. 아마 저건 언젠가 들었던 공룡새일 거야, 라고 생각했습니다. 나중에 그 새가 익룡이 아니라 포크레인 새라는 것을 알게 되었습니다만.

어느 날 그곳을 다시 지나던 새는 포크레인 새의 발치에 떨어져 있는 이상한 물체를 발견했습니다. 그게 큰 새의 발가락에서 떨어져 나간 발톱이라고는 생각하지 못했습니다. 지나던 새는 그걸 눈여겨 봐 두었다가 몰래 얼굴에 뒤집어썼습니다. 포크레인 발톱은 신기하게 그의 얼굴에 꼭 들어맞았습니다. '이젠 나도 포크레인 새가 될 수 있어.'

그가 가면을 쓰고 나타나자 다른 새들은 모두 깜짝 놀라 달아

났습니다. '철가면을 쓴 무시무시한 새가 나타났다.' 다들 그렇게 소리쳤습니다. '이제야 나의 진면목을 알아보는군.' 철가면 새는 우쭐하지 않을 수 없었습니다.

철가면은 너무 무거워 얼굴을 쳐드는 것조차 힘이 들었습니다. 새들이 없는 틈을 타 철가면을 몰래 벗으려 했지만 좀처럼 벗겨지지 않았습니다. 억지로 벗으려 하면 살점이 떨어져 나가는 것같이 아팠죠. 이제 철가면 새는 친구들 곁으로 갈 수도 없었고 더 이상 날 수도 없었습니다.

철가면 새는 평생을 그렇게 살다가 쓸쓸히 죽었습니다. 철가면 새의 슬픈 이야기입니다.

쇠망토를 걸친 사나이

그가 무거운 쇠망토를 걸치고 나타나자 모두들 비웃었습니다. 그걸 망토라고 걸치고 다니냐고들 했습니다. 하지만 그는 아무렇지도 않은 듯 이렇게 말했습니다. '이게 얼마나 유용한지 당신들은 모를 거요. 우선 비가 아무리 와도 절대 속옷이 젖는 법이 없지요. 눈 오는 겨울 언덕을 내려갈 땐 눕기만 하면 썰매가 된단 말이지요. 게다가 거리를 마음대로 활보할 수 있지요. 자동차가 와서 들이박아도 끄떡없단 말입니다. 그뿐인 줄 아십니까. 밭을 이리저리 뛰어다니기만 하면 서너 마지기 쯤은 반나절에 갈아엎을 수도 있지요.' 그리곤 유유히 제 갈 길을 갔습니다. 모두들 쇠망토를 걸친 사내를 부러워했습니다.

나의 친구

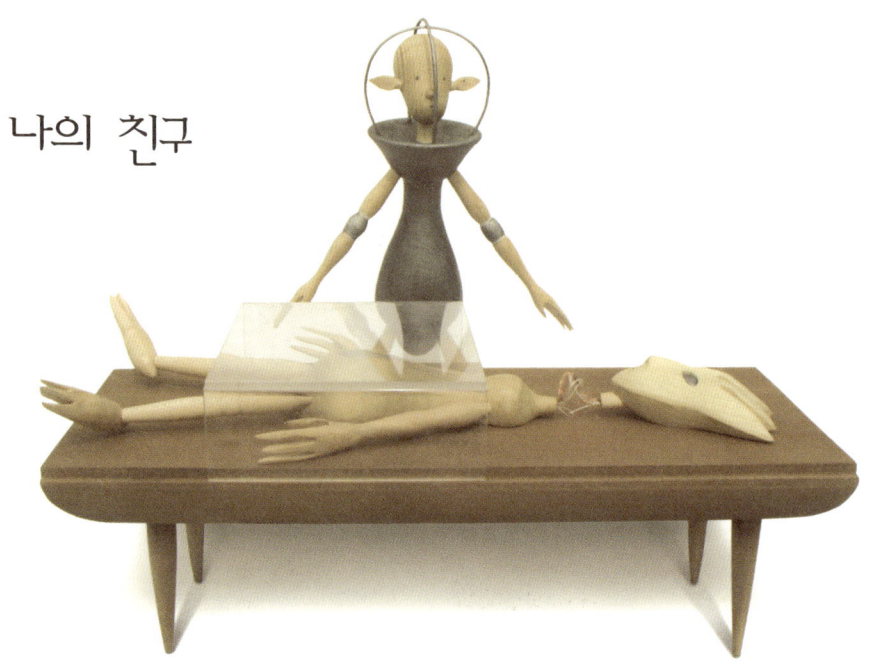

그를 다시 만난 것은 안드로이드 성좌의 열아홉 번째 은하계에 속한 쉰아홉 번째 행성계의 제7흑성 시온게리쿠스에 있는 스물 네 번째 거주 지역의 통제 사령부 벙커 9호실이었습니다. 그의 신원을 확인하기 위한 초광자가 2만 3천 광년 떨어져 있던 나에게 도달한 것은 참으로 다행스러운 일이었습니다.

그를 다시 본 순간 그가 적어도 친구로 알고 지냈던 유일한 2차 생물군이 나라는 사실이 믿어지지가 않았습니다. 그도 그럴 것이 그를 본 지가 벌써 우주년으로 1백 25년 전의 일이었으니까요. 그는 이제 막 처참한 분해 조사를 당한 뒤 1차 생물군에 의해 탄생된 2차 생물체로 판명이 되어 폐기되려던 참이었습니다.

2차 생물군들이 우주에 '자율적 탄생과 죽음의 대원칙'을 관철시키려고 결정한 뒤, 1차 생물군은 오직 몇몇 은하의 제한된 구역에서만 거주하도록 되어 있었습니다. 그가 자신의 거주 지역을 벗어났던 것은 탄생과 죽음의 대원칙 수정 조항 제25조의 내용을 인식하지 못한 비극이었죠. 자연 발생적 생명체들인 1차 생물군은 때로 그들의 탄생을 정당화하기 위해 2차 생물군이 지배하는 우주로 뛰어드는 경우가 있었습니다. 그 역시 그들과 섞여 내가 언젠가 그 별을 방문했을 때 우연히 만났던 나를 찾아오다가 붙잡히게 되었던 것입니다. 수정 조항에 따르면 1차 생물군에 의해 탄생된 2차 생물체 역시 제한 구역을 벗어날 수 없었습니다.

새로운 우주 법률에 따르면 1차 생물군에 의한 2차 생물체의 탄생은 금지되어 있습니다. 생명 탄생의 자율적 순수성을 보장하기 위한 조처로 오직 2차 생물군에 의한 생물체의 탄생만이 허용되었기 때문입니다. 2차 생물군이 지배하는 우주는 탄생과 죽음을 주고받으면서 모두가 서로의 친구가 되고 모두가 서로의 창조주가 되는 이상적인 우주 질서를 확립하려고 애쓰는 중입니다.

1차 생물군에 의해 탄생된 2차 생물체였던 그는 그의 신원을 확인할 유일한 2차 생물군에 속하는 나의 동의에 의해 폐기되든지 아니면 재탄생되든지 해야 할 것입니다. 다행스러운 것은 정밀한 분해 조사 결과, 그는 1차 생물군의 사이보그가 아닌 리플리컨트로 판명되어 재생하는 데 따르는 골치 아픈 법률 해석의 문제들을 피할 수 있었습니다.

나는 그를 다시 살려 내기로 했습니다. 나는 그의 친구이자 그의 창조주가 될 것이며, 언젠가 그 또한 나의 친구이며 또 나의 창조주가 될 수 있을 테니까요.

울면서 집에 들어선 아이

아이가 울면서 집에 들어옵니다. 그러면 무슨 일이니, 누가 그랬어, 왜 우는데, 하기 전에 먼저 살펴봐야 할 게 있습니다. 먼저 언제부터 울었는지를 알아야 합니다. 계속 울면서 왔는지, 울다가 그쳤다가 집에 와서 다시 우는 것인지, 아니면 꾹 참고 있다가 오자마자 울기 시작한 것인지를 살펴야 합니다. 그러려면 첫째, 눈물을 얼마나 흘렸는지, 눈에만 그득한지, 얼굴에 번졌는지, 손등까지 범벅이 되었는지, 먼저 흘린 눈물이 말라 버린 소금기가 하얗게 있는지 어떤지를 살펴야 합니다. 둘째, 울음소리가 어떤지, 목소리가 쉬었는지, 소리의 높낮이가 어떤지, 소리를 내는지 들이키는지, 흐느낌이 얼만큼 반복되는지 어떤지를 판단해야 합니다. 그러면 이를 종합적으로 판단해 아파서 우는지, 억울해 우는지, 겁이 나 우는지, 서러워 우는지, 민망해 우는지 등등의 슬픔의 종류와 강도를 측정할 수 있습니다. 그런 뒤에야 비로소 무슨 일인데, 누가 그랬니, 그만 울어라 하는 말 중에서 어떤 말을 써야 할지를 결정할 수 있게 됩니다.

뭔가 이상해 1

뭔가 이상해 2

갑오징어

갑오징어가 물고기를 잡으며 말했다.

'걱정 말라니까. 나는 너의 몸을 재고 싶을 뿐이야. 이건 매우 중요한 일이거든. 네가 알다시피 바다 속에는 수많은 물고기들이 살고 있잖아. 종류도 다양하고 크기도 제각각이지. 그런데 이 바다 속에서 물고기다운 물고기는 정말 드물거든. 어떤 놈은 온통 가시로 뒤덮여 있질 않나, 어떤 놈은 독을 잔뜩 품고 있고, 어떤 놈은 뱀처럼 길고, 또 어떤 놈은 딱딱하기 이를 데 없으니 그놈들도 물고기라고 바다에서 같이 사는 내가 다 부끄러울 지경이지. 나는 지금 몸 크기도 적당하고 생김새도 모나지 않고 성격도 온순한 그런 표준이 되는 물고기를 찾고 있는 중이야. 그런 물고기야말로 장차 바다 속의 주인이 되어야 하지 않겠어. 그 많은 물고기들을 일일이 재고 통계를 내려면 머리가 깨질 지경이야. 너처럼 정말 착하고 온순한

물고기들이 그리 흔치 않다는 건 너도 알거야. 나는 너 같은 존재를 사명감을 갖고 찾아내고 있는 중이지.'

붙잡힌 물고기가 조그만 소리로 물었다.

'그 기준이 뭔가요.'

'그러니까 객관적인 기준에 적절히 들어맞고 많은 물고기들의 모범이 되는 표준적 체형을 지니고 있으며, 합리적이고 이성적인 물고기들이지.'

'무슨 말인지……'

'음…… 정확히 말하면…… 음…… 그건 정말 객관적이고…… 음…… 한마디로…… 합리적이며…… 정당한 규준에 맞는…… 음…… 뭐랄까…… 음…… 바로 너를 표준으로 생각하면 되는데…… 음…… 그러니까…… 먹기에 쉬운 놈이지.'

악몽이었을까

그놈을 길들이기로 마음먹은 것은 그저께 밤이었습니다. 얼마 전 자다가 녀석을 처음 보았을 때 너무 놀라 기절할 뻔했죠. 벌레도 조그마한 게 알록달록하거나 털이 보송보송하면 그래도 귀여울 수 있지만, 그놈처럼 엄청나게 크고 무시무시하게 생기면 정이 갈 리 없잖아요. 게다가 미끈덕거리는 피부의 물컹거리는 느낌은 도저히 참을 수 없었습니다. 그래도 조금 봐 줄 만한 건 크고 날카로운 이빨과 등줄기를 따라 솟아난 뿔들이었습니다. 차라리 무시무시한 게 징그러운 것보다 백 배는 나았습니다. 아무튼 매일 밤 찾아오는 녀석 때문에 미칠 지경이었죠. 두툼한 입술을 훌렁 뒤집으며 허연 이빨을 드러내고 온몸을 뒤흔들 때마다 나는 냅다 줄행랑을 놓았지요. 그러다 문득 뒤를 돌아다보면 녀석은 금세 바람 빠진 튜브 모양 풀이 죽어 엎드려 있었습니다. 가만 보면 조그맣게 뚫린 눈에 눈물이 고여 있는 것도 같습니다. 어쩌면 녀석은 몹시 심심해 그럴지도 모른다는 생각이 들었습니다. 드디어 그저께 밤에는 도망치는 척하다가 축 늘어진 그의 등에 슬쩍 올라타 보았습니다. 녀석이 바람을 한껏 들이켜자 쭈그러졌던 등이 금세 부풀어올라 반들반들해졌습니다. 녀석이 꿈틀거릴 때마다 엉덩이가 간질간질했지만 그런대로 견딜 만은 했습니다. 그러자 녀석이 갑자기 날뛰기 시작했죠. 그 바람에 그만 밑으로 굴러 떨어지고 말았습니다. 어저께 밤에는 녀석이 먼저 엎드려 날 기다리고 있었습니다. 냉큼 올라타자 천천히 고요하게 미끄러지듯이 움직이기 시작했습니다. 그러다 하늘 높이 솟아올랐는데 그 바람에 나는 녀석의 등에서 떨어져 땅으로 곤두박질쳤습니다. 다행히 그때 깨었기 망정이지 정말 큰일 날 뻔했습니다. 오늘 밤에 녀석을 만나면 제발이지 방정을 떨지 말라고 단단히 주의를 줄 참입니다. 뜻대로만 되면 녀석을 타고 하늘을 실컷 날아 볼 수 있을 것 같습니다. 결과가 어찌 되었는지는 내일 아침에 이야기해 드릴게요.

구름 위로 올라간 형

'형아. 구름 위로 올라갈 수 있어?' '문제없지.' 형이 말했습니다. 형은 줄사다리를 가져와 구름을 향해 힘껏 던졌습니다. 그리곤 사다리에 오르기 시작했습니다. 그때 둥실 하고 구름이 떠올랐습니다. 형은 가까스로 구름 위로 올라갈 수 있었습니다. '사다리를 더 내려 줘. 나도 올라가고 싶어.' 내가 소리를 질렀습니다. 하지만 형도 구름 위에선 더 이상 어쩌지 못했습니다. 구름을 멈출 수는 없었기 때문입니다. 형은 그렇게 구름을 타고 멀리 가 버렸습니다. 그게 형을 본 마지막이었습니다.

치즈를 훔쳐 먹은 쥐

우리를 보고 무얼 훔쳐 먹는다고 말들 하는데 그건 말이 되는 소리가 아닙니다. 어디 한번 따져 봅시다. 훔친다는 것은 남의 것을 몰래 가져간다는 뜻이지요. 그렇다면 남의 것과 내 것이 따로 있다는 말입니까? 하지만 우리 쥐들에게 소유를 구분하는 것이 의미를 가져본 적이 없습니다. 인간들의 소유욕 따위란 아예 있지도 않단 말씀이지요. 네 것 내 것 구분 없이, 있으면 먹고 없으면 굶는 것이 우리들 원칙입니다. 그러니 나는 결코 치즈를 훔쳐 먹은 적이 없습니다. 거기 치즈가 있어서 먹었을 뿐입니다. 훔치고 다닌다는 그런 가당치 않은 말은 제발 더 이상 듣고 싶지 않습니다.

지구에서 살아남기

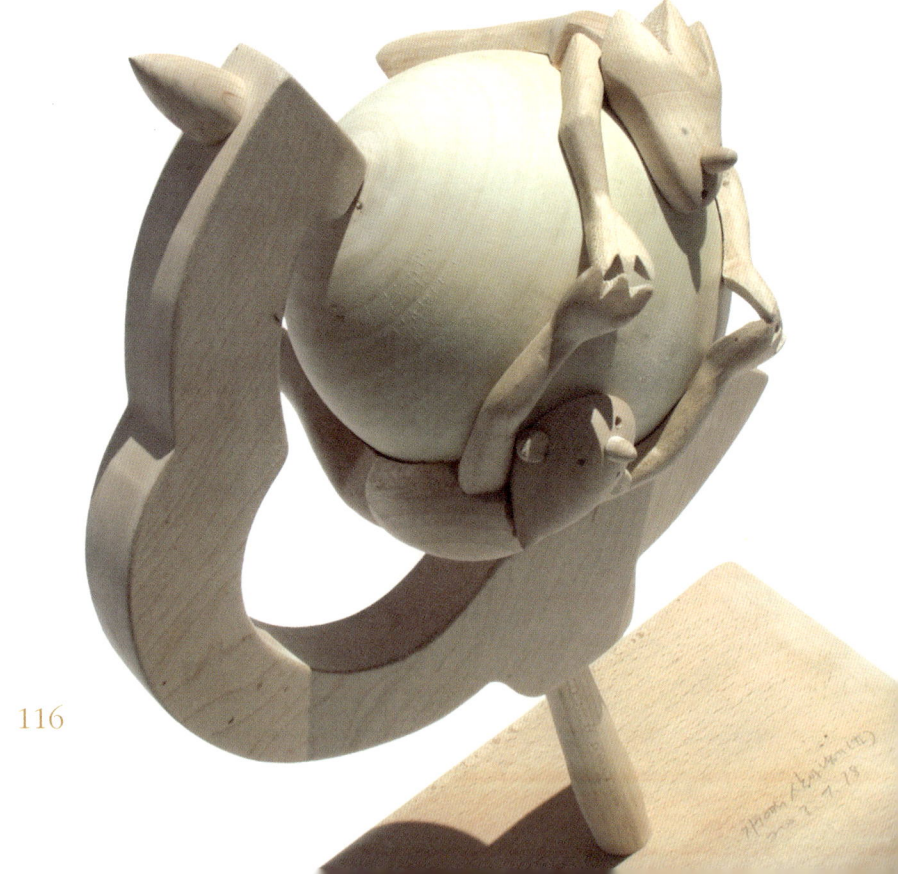

지구에서 살아남는 게 결코 쉬운 일이 아니란 걸 알 만한 사람들은 다 압니다. 간혹 가다 어리석은 사람들이 없지 않아서 머리를 꼿꼿이 세운 채 활보하고 다니는데 그건 위험하기 짝이 없는 일입니다. 지구가 시속 1천 6백 6십 킬로미터로 내달리고 있다는 걸 그들이 알면, 아마 깜짝 놀라 누구보다 먼저 땅에 엎드려, 다시는 일어서려 들지 않을 것입니다.

누구든 조심하십시오. 누가 압니까. 지구가 정신없이 돌다가 어느 날 갑자기 휑 하고 지구 밖으로 내던져 버릴지. 이제부터는 바짝 엎드려 다닙시다. 여차하면 무어라도 붙들 준비를 단단히 해야 할 겁니다. 지구에서 살아남는다는 것은 정말 진땀 나는 일입니다.

제4장 신은 바보

신은 이제 좌절하기 시작했습니다. 새로운 우주를, 불완전한 우주를 창조한다는 게 정녕 불가능한 일이란 말인가. 저절로 탄식이 흘러나왔습니다. 불완전한 우주 하나도 제대로 만들지 못하는 자신이 한심스러웠습니다. 지난번 만들었던 우주조차 자신이 만들기나 한 것이지 의심이 가기도 했습니다.

등점박이라이닝발광충

새로운 곤충을 발견했다. 아직 학계에 보고되지 않은 종이다. 암수 한 쌍을 동시에 볼 수 있었던 것은 행운이었다. 암놈은 숫놈보다 몸집이 약간 작고 통통하다. 숫놈은 약간 날렵하고 더듬이가 있으며 배 끝 부분에 생식기처럼 보이는 돌기가 나 있다. 특

이한 점은 이 곤충의 머리가 장도리처럼 생겼다는 것이다. 숫놈은 장도리의 앞쪽을, 암놈은 뒤쪽을 닮았다. 등에는 대여섯 개의 점이 나 있다. 숫놈은 등 위쪽으로 두 개의 점이 있어 점이 하나뿐인 암놈과 구분된다. 날개는 마치 자동차의 브레이크 라이닝 패드를 붙여 놓은 것처럼 생긴 단단한 껍질로 되어 있다. 이 곤충은 드물게 보는 발광충이다. 반딧불이처럼 배 아래쪽에 발광 기관이 있으며 약간 붉은 빛을 낸다. 어두워질 때면 불을 켜는데 배 부분이 투명한 막으로 둘러싸여 있어 뱃속까지 훤히 들여다 보인다. 아직 이 곤충의 먹이나 교미 습성, 서식지 등에 관해서는 밝혀진 것이 거의 없다. 새로 명명하였는데 망치머리 등점박이라이닝발광충이라 하였다.

전기 메기

어디서 전기 메기란 놈이 나타나 마을 연못을 휘젓고 다녔습니
다. 수백 볼트의 전압으로 여기저기를 지져 대는 통에 동네 사람
들이 심심할 때마다 잡아 먹는 연못의 물고기들이 남아나지 않
았습니다. 급기야 물가에서 놀던 아이가 감전되는 사고가 나 하
마터면 목숨을 잃을 뻔했습니다.

모두들 속을 끓이며 대책을 내놓았습니다. 누구는 못물을 다
퍼 버려 메기를 말라 죽게 하자느니(그러면 누구는 물을 퍼내다
감전되는 건 어떡하느냐고 하고), 누구는 그냥 냅둬서 굶어 죽게
하자느니(그러면 누구는 그건 성에 차지 않는다고 하고), 누구는
변전소에 부탁해 강력한 전기를 끌어와 응징하자느니(그러면 누
구는 그게 돈이 얼마나 드는 줄 아느냐고 하고) 했지만, 누군가
잘 달래서 가뜩이나 컴컴한 동네 골목의 불을 밝히는 데 쓰자는
것으로 의견이 모아졌습니다. 그래서,

전깃줄을 칭칭 감은 먹이를 연못에 던져 주자 메기는 지릿 그
러면서 4백 5십 볼트의 전기를 뿜었고 그게 물속을 통과해 먹이
에 감긴 전선에 닿으니 전선의 피복 안에 있는 구리 속 전자들이

초속 30만 킬로미터 속도로 내달리며 순식간에 동네 골목에 세워진 전봇대에 매달린 전등의 소켓에 달려 있는 두 개의 나사를 통과해 기다리고 있다가 스위치가 따깍 하는 소리를 내자 잽싸게 소켓 안쪽의 홈을 두 바퀴 돌아 전구의 머리 위에 달린 납판 위에 올라앉더니 전구 속으로 이어진 가는 철사줄로 빨려 들어가서는 필라멘트에 도달한 뒤 강력한 저항을 받아 울그락불그락 열을 내는 텅스텐 전자들을 밖으로 걷어차 버리자 밝은 빛이 일어났습니다.

그렇게 해서 전기 메기는 본인의 의사와 전혀 관계없이 그 마을의 발전소장이 되었습니다. 물론 재임 기간은 매우 짧았습니다만.

꽃을 바치는 남자

제발 이 꽃을 받아 주세요. 그저 받아만 주시면 됩니다. 뭘 어쩌자는 것이 아닙니다. 뭘 바라고 이러는 것도 아니구요. 그냥 드리고 싶습니다. 이걸 보며 날 생각해 달라는 것도 아니고, 받아서 꽃병에 꽂아 달라는 것도 아닙니다. 정 내키지 않으시면 받아서 그대로 쓰레기통에 던져 버려도 상관하지 않겠습니다. 제발 이 꽃을 받아 주세요.

신은 바보

전지전능한 신이 우주를 만들어 놓고는 매우 흡족해 했습니다. 완벽해, 이렇게 훌륭할 수가 없어. 우주는, 그가 만들어 놓자마자, 알아서 잘 작동했습니다. 부족함도 넘침도 없는 세계였습니다. 신은 흐뭇하게 우주를 바라보며 새삼 자신이 신이라는 사실에 뿌듯해 했습니다. 오! 너무 완벽하니까 미치겠군. 말이 씨가 된다고 우주를 다 만들고 나자 갑자기 신은 할 일이 없어 미칠 것 같았습니다. 자신이 만들어 놓은 우주를 들여다보는 것도 점점 지겨워졌습니다. 이럴 줄 알았으면 뭔가 좀 엉성하게 해 놓는 건데 하고 생각할 정도였습니다.

그러다 정말 심심했던 신은 우주를 하나 더 만들기로 했습니다. 이번엔 조금 아니 많이 모자란, 그래서 나중까지 심심치 않을, 모든 게 불완전하고 엉망인, 세계를 말입니다. 그렇더라도 원칙은 있어야겠지. 신은 모든 것이 불완전하게 될 원칙을 만들기로 했습니다. 그건 간단한 일이었습니다. 먼저 만들었던 우주에 적용했던 원칙들을 모두 거꾸로 적용하는 겁니다. 우선 새로운 우주에서는 모든 게 불균형과 부조화로 이루어져야 했습니다. 특히 심혈을 기울였던 균형의 원칙을 철저하게 파기하기로 했습니다.

사실 신은 우주의 끝을 구부려 작은 입자 한 개에 구겨 넣을 수도 있었으며, 차원의 다발을 끈으로 묶어 허리춤에 차고 다닐 수도 있었습니다. 하지만 그건 그럴 수 있다는 것뿐이었습니다. 어떤 경우든, 신이 우주를 펼쳐 놓고 들여다보면, 우주에서 균형의 원칙이 관철되지 않은 곳은 거의 없었습니다. 겉모습도 그렇습니다. 우주에 떠다니는 별들도 대부분은 둥근 구형이었는데 그거야말로 균형과 대칭의 표본이었습니다. 별 주변에 다른 별을 배치할 때도 원심력과 중력이 균형을 맞추도록 설계하여 한번 슬쩍 건드려 주면 저절로 돌게 했습니다. 별 무더기를 만들 때도, 은하계를 만들 때도 서로 밀고 당기는 힘들을 적절히 분배했습니다. 그뿐인가요. 신이 가지고 노는 블록의 가장 작은 단위인 원자나 입자에서도 이 원칙은 고스란히 적용되었습니다. 중력이든 전자기력이든 약력이든 모든 물질과 물질 사이에 적용되는 힘은 적절히 균형이 잡히도록 설계되었습니다. 그걸 없애면 새로운 우주는 엉망이 될 거야. 신은 그런 우주를 생각하자 저절로 신이 — 아니 이런 표현은 적절치 않군요. 그렇다면 흥이 — 났습니다.

이제 새 우주를 빚어 내는 일만 남았습니다. 그런데 막상 팔을 걷어붙이고 일을 시작하자마자 문제에 부딪혔습니다. 새로운 우주를 만들 기초인 첫 번째 블록인 물질을 만들려 하자 반물질이란 게 생겨 서로 짝을 이루는 것이었습니다. 어라. 이게 뭐야. 다시 한 번 입자를 만들면 반입자가 생겨 서로 균형을 맞추게 되었

습니다. 시작부터 난감한 일이 아닐 수 없었습니다. 그렇다면 물질이 아닌 다른 무엇으로 우주를 만들어 볼까. 아예 반물질로만 구성된 우주는 어떨까. 하지만 그것 역시 가능한 일이 아니었습니다. 반물질을 만들면 이번엔 또 물질이 엉겨 붙었기 때문입니다. 이것 참. 신은 조금 당황하지 않을 수 없었습니다. 존재가 있으면 존재가 없음도 존재해야 한다는 사실에는 신조차 예외가 아니란 걸 새까맣게 잊고 있었던 것입니다.

신은 결국 그것까지는 어쩔 수 없다고 생각했습니다. 물질 말고도 부조화를 이룰 수 있는 방법은 많았기 때문입니다. 신은 우선 새로운 우주에 있어야 할 별을 만들기로 했습니다. 물질들을 쓸어 모아 이리저리 주물럭거리며 대칭이 되는 걸 최대한 피해 정말 비대칭의 형태를 만들었습니다. 신은 처음으로 불완전한 형태를 만드는 것이 완전한 형태를 만드는 것보다 더 힘들다는 것을 알게 되었습니다. 아무튼 그런 걸 수도 없이 만들어 놓았습니다.

이제 빈 공간에 적당히 뿌려 놓을 참입니다. 하지만 힘을 가지지 못한 별들은 휙 하고 집어 던지자마자, 우주가 되기는커녕, 발등에 떨어져 한데 곤죽이 되어 버리고 말았습니다. 최소한의 힘은 있어야겠군. 그래서 서로 공간에서 지탱할 만큼만 최소한의, 정말이지 미약하고 쉽게 쪼개져 버릴, 힘을 불어넣었습니다. 그리고 별들을 다시 내던지자 별들은 제멋대로 우주 여기저기에 처박히더니 어떤 놈은 서로 엉겨 붙고 어떤 놈은 멋대로 달리다 다른 놈들과 부딪혀 흩어지고 하여 우주는 뒤죽박죽이 되었습니다.

신은 이제 그런대로 일이 제대로 되어 간다고 생각했습니다. 하지만 그것은 잠시뿐이었습니다. 별들은 엉겨 붙다가 떨어져 서로 빙글빙글 돌기도 하고 어떤 별들은 산산조각이 나 흩어졌다가 다시 모여 서서히 궤도를 만들어 갔습니다. 먼저보다 느리긴 했지만 제각각이었던 모양의 별들도 서서히 움직이면서 점점 둥글게 대칭으로 변해 가는 것이었습니다. 신은 골치가 아파지기 시작했습니다. 아무리 뒤죽박죽으로 만들어 집어 던져도 자기들끼리 움직여 어느새 힘의 균형을 이루기 시작했으며 모양도 대칭을 이루면서 완전한 우주의 모습으로 변해 가는 것이었습니다. 그렇다고 힘을 빼 버리면 그대로 사라져 버려 이러지도 저러지도 못할 지경입니다. 도대체 뭐가 잘못된 것인지, 아무리 생각해도 알 수가 없었습니다.

신이 알 수 없다니 그게 말이나 됩니까. 그래서 신은 우주 만들기를 잠시 접어 두고, 자존심을 누른 채, 먼저 만들었던 우주를 꼼꼼히 살펴보기로 했습니다. 그 중에서 몇 개를 골라 실험을 해 보기로 한 것입니다. 수많은 별들 중에서 작고 쓸모없어 보이는 푸른 별 하나를 집어 들고는 가만히 살펴보았습니다. 거긴 정말 완벽한 세계였습니다. 낮이 있으면 밤이 있었고 하늘이 있으면 땅이 있었고 육지가 있으면 바다가 있었고 높은 곳이 있으면 낮은 곳이 있었습니다. 그뿐이 아니었습니다. 거기 사는 미물들도 모두 균형을 이루고 있었습니다. 암컷이 있으면 수컷이 있고 강한 놈이 있으면 약한 놈이 있고……. 생김도 그랬습니다. 미물들은 거의 예외 없이 좌우 대칭을 이루고 있었습니다. 작은 나뭇

잎조차 대칭을 이루고 있었습니다. 하다못해 인간이라는 미물이 만들어 놓은 물건들조차 완벽하진 않지만 균형과 대칭을 이루고 있었습니다. 아아! 균형, 대칭, 조화, 골치 아파. 신은 눈살을 찌푸렸습니다. 이렇게 완벽했단 말인가. 그래서 그는 슬쩍 중력 하나를 빼 버렸습니다. 그러자 그 별에 붙어 있던 모든 게 순식간에 사라져 버렸습니다. 조금 있다가 그 별조차 없어져 버렸습니다. 이건 아닌걸. 아예 없는 건 만든 게 아니지. 신은 그 별을 먼저대로 되살려 놓느라고 공연히 시간만 낭비해야 했습니다.

그는 여러 별들을 가지고 차례로 시험을 해 보았지만 그 결과는 마찬가지였습니다. 입자 하나를 슬쩍 다른 입자로 바꿔 놓기도 하고, 시간을 거꾸로 매달아 보기도 하고, 차원을 뒤섞어 버리기도 하고, 전자기력이나 약력을 빼 보기도 했지만 그때마다 별들은 불완전한 모습으로 변하기는커녕 또 다른 질서를 만들고 있었습니다.

신은 이제 좌절하기 시작했습니다. 새로운 우주를, 불완전한 우주를 창조한다는 게 정녕 불가능한 일이란 말인가. 저절로 탄식이 흘러나왔습니다. 불완전한 우주 하나도 제대로 만들지 못하는 자신이 한심스러웠습니다. 지난번 만들었던 우주조차 자신이 만들기나 한 것이지 의심이 가기도 했습니다. 바보 같은 신은 자신이 완벽한 존재라는 것을, 그래서 불완전한 것에 절대 도달할 수 없음을 알지 못했습니다. 그리하여 신은 정말 자신이 신이긴 한 것인지 헷갈리기 시작했습니다.

민달팽이

내가 환영받지 못하는 것은 그 거추장스럽기 짝이 없는 집을 벗어던졌기 때문이다. 단지 집이 없다는 이유로 나는 소라나 고둥 아니면 다슬기보다 못한 환형동물쯤으로 오해를 받고 있는 것이다. 어찌 나를 지렁이나 회충 같은 촉수도 없는 무지렁이들과 견준단 말인가. 집이 없다는 게 이렇게 서러울 수가 없다.

골목의 그 아이

어릴 적 살던 동네에는 집으로 가려면 꼭 지나가야 하는 골목이 있었습니다. 그 골목을 지날 때마다 늘 거기를 지키고 있던 아이가 있었죠. 한 번도 그냥 보내 준 적이 없습니다. 공책을 뺏을 때도 있었고, 주머니를 뒤져 동전을 가져간 적도 있었습니다. 그도 아니면 가랑이를 벌리고 그 사이로 기어가라고 했죠. 나이도 나보다 서넛은 위고 덩치도 컸기 때문에 반항한다는 건 꿈에도 생각해 보지 못했습니다. 그 골목을 지나는 게 죽기보다 싫었지만 집으로 가려면 어쩔 수 없는 노릇이었습니다. 골목의 그 아이는 어릴 적 악몽 그 자체였습니다.

몇십 년이 흘러 어른이 되었을 때 우연히 그 근처를 지나가게 되었습니다. 집이며 골목들이 어쩜 그렇게 하나도 변하지 않았는지 놀라울 뿐이었습니다. 두리번거리며 옛날 생각을 하며 걷다가 바로 그 골목에 다다르게 되었습니다. 그런데 거기에 그 아이가 떡 하고 버티고 서 있는 것이었습니다. 아이는 그대로, 옛날 모습 그대로, 거기에 눈 하나 깜짝 않고 서 있었습니다.

삽새의 전설

삽이 새가 되었다는 믿기지 않는 이야기는 삽의 세계에서 이미 전설이 되었습니다. 간혹 그 이야기를 진짜로 믿는 삽들이 사실을 확인하기 위해 백방으로 돌아다녔지만 아무도 삽새를 만난 적은 없었습니다. 하지만 그 이야기가 사실이건 아니건 모든 삽들에게 삽새의 전설은 희망이었습니다. 삶의 무게를 버거워하는 각삽이나 고통을 앞서 부딪혀야 하는 뾰족삽이나 온갖 궂은 일만 하면서 돌아다니는 부삽들 모두는 일상에 지치고 일이 고통스러울 때마다 전설 속의 삽새가 되기를 꿈꾸었습니다. 간혹 삽새의 이야기대로 목을 부러뜨리거나 팔목을 꺾어 버리는 어리석은 삽들이 없지는 않았지만 그들이 팔자를 고쳤다는 이야기는 어디서도 들을 수 없었습니다.

　그런데 꼭 그렇지만은 않았습니다. 가끔 아주 가끔, 삽이 고철이 되고 고철이 쇳물이 되고 쇳물이 삽이 되는 윤회의 1겁 년이 흐르는 동안 삽 세계에서 기적이 일어나지 말란 법은 없었습니다. 삽은 날개 잃은 벌레의 튼튼한 외피가 되기도 했고, 허풍쟁이 사나이의 망토가 되기도 했으며 불을 밝히는 앵무새의 날개가 되기도 했습니다. 그 이야기들을 구구절절 어찌 다 말로 하겠습니까. 그런 게 모두 다 전설이 되지 못했던 것은 정말 아무도 모르게 그런 일들이 일어났기 때문입니다. 어쩌면 삽들이 알수 없었던 것은 윤회의 1겁 년을 버텨 낸 삽들이 이제까지 없었기 때문일 것입니다.

악마와 그네 타기

그네를 탈 때는 항상 뒤를 조심해야 한단다. 악마가 있을지도 모르기 때문이란다. 갑자기 확 밀어 버리거나 꼼짝달싹 못하게 하거나 아니면 누군가를 몰래 세워 두어 큰일 나게 만들 수도 있단다. 그러니 그네를 탈 때 항상 뒤를 조심해야 한단다.

메뚜기가 널 잡겠다

한 번도 본 적은 없지만 들판에는 메뚜기가 있다고 합니다. 그걸 잡으러 가겠다고 졸랐습니다. 엄마는 뱀 나온다 그러면서 말리고 할머니는 메뚜기가 널 잡겠다 그러면서 말립니다. 엄마의 말은 무슨 말인지 알겠는데 할머니는 도대체 무슨 말을 하는지 모르겠습니다. 설마 정말 그렇게 큰 메뚜기가 있다는 말은 아니겠지요.

게차

달리고 싶은 게가 있었습니다. 바퀴만 있는 고물차가 있었죠. 둘이 만났습니다. 합치기로 했죠. 차는 앞 범퍼를 뜯어 내고, 뒤 트렁크를 개조해 게다리를 달았습니다. 게는 자신의 분신과도 같은 집게발을 떼어 내야 했습니다. 백미러 하나는 협의 끝에 옆으로 달기로 했습니다. 게의 자존심을 고려한 차의 배려였습니다. 드디어 게는 바퀴를 달았고 차는 동력을 얻었습니다. 게차가 만들어진 것입니다. 둘은 서로 만족했을까요. 뒷말이 무성한 걸 보니 꼭 그렇지만은 않은 것 같습니다.

사나운 개

사나운 개가 있었습니다. 아무도 가까이 가지 못했죠. 사나운 개가 싸움을 잘하는 건 날카로운 이빨 때문이 아닙니다. 바로 꼬리가 녀석이 가지고 있던 힘의 원천이었습니다. 싸움을 할라 치면 꼬리를 빙글빙글 돌리다가 상대방의 다리를 냅다 휘감아 내동댕이치는 것이 녀석의 특기입니다. 누구든 그 꼬리의 괴력에 당해 낼 재간이 없었죠. 그 소문을 듣고 어느 날 커다란 뱀이 찾아왔습니다. 온몸이 꼬리인 뱀이 한번 겨뤄 보고 싶었던 겁니다. 둘이 딱 마주쳤을 때, 서로 만만한 상대가 아님을 단박에 알아차렸습니다. 그래서 서로 노려만 보기를 하루, 이틀, 사흘, 나흘……. 지금까지도 저러고만 있습니다.

세상 밖 한 걸음

한 걸음을 나서면 거기는 살아 있는 세상이었습니다. 모든 게 꿈틀거리고, 모든 게 변덕스러우며, 모든 게 소리를 내는 세상이었습니다. 어느 것 하나 잠시라도 가만히 있질 못했습니다. 움직이지 않으면 큰일 나게 될 것처럼 모두들 쉼 없이 뛰고 날고 구르고 기어가고 흐르고 떨어지고 솟아오르고 부서지고 먹고 싸우고 떠들고 했습니다. 그게 너무 낯설어 한 걸음 물러설 수밖에 없었을 때, 나는 다시 천 년의 잠 속으로 빠져 들어갔습니다.

추락한 별나라 우주선

별똥별이 떨어진 줄 알았는데 그게 아니었습니다. 달려가 보니 기이한 쇳덩이가 논두렁가에 걸려 있습니다. 모양새로 보아 별 나라 우주선이 틀림없는 것 같습니다. 자세히 들여다보니 투명 한 캐노피 안쪽에 잔뜩 김이 서려 있습니다. 뭔가 잘못된 것이 틀림없습니다. 추락할 때의 충격으로 안에서 가스가 새거나 아 니면 외부 기체가 스며 들어간 게 틀림없습니다. 그 안에서 조그 만 생명체들이 어찌할 바를 모르고 있는 것이 보였습니다. 뚜껑 을 열고 밖으로 꺼내 줄 수도, 그렇다고 그냥 내버려 둘 수도 없 는 비상사태입니다. 이럴 때 응급 처치 하는 방법을 한 번도 배 운 적이 없다는 것이 참으로 안타까운 일이 아닐 수 없습니다.

로봇 만들기

로봇을 만들기로 했습니다. 혼자서는 도저히 불가능한 일입니다. 내 컴퓨터와 함께 하기로 했습니다. 하지만 사사건건 충돌이 일어났습니다. 이를테면 나는 더 미끈하고 세련된 로봇을 갖고 싶었지만 컴퓨터는 통조림 깡통 같은 디자인을 고집하는 식입니다. 로봇에 들어가는 많은 회로들의 용량을 계산하고 각각의 부품을 위치별로 분리하는 복잡한 계산이나 눈알을 위 아래로 굴려야 할 때 들어가는 베어링의 위치와 크기 계산 같은 정밀한 부분은 컴퓨터가 맡았기 때문에 아무래도 내가 더 많이 양보할 수밖에 없었습니다.

그럭저럭 잘 진행되어 되어 가는가 싶더니 어느날 드디어 사단이 벌어졌습니다. 컴퓨터가 자신은 더 이상 제작에 참여할 수 없노라고 고집을 피운 것이지요. 왜 그러냐고 물어도 제대로 대꾸하지도 않습니다. 아마 조작 키를 자기가 작동하겠다고 몇 번 나에게 졸랐을 때, 내가 한 번도 양보한 적이 없었기 때문일 것입니다. 거의 완성 단계인데 이제 와서 그만둘 수는 없는 노릇입니다. 살살 달래서 조작 키를 작동할 수 있도록 했더니 마지 못해 응하는 척 했습니다. 하지만 키보드가 움직이는 속도를 보니 그것 때문에 그런 게 맞는가 봅니다.

일은 다시 진행되었습니다. 로봇이 거의 다 만들어졌을 때 컴퓨터는 나에게 또 그만두겠다고 했습니다. 이번엔 아예 이유를 물어볼 틈도 주지 않고 시스템을 다운시켜 버리고는 며칠이 지나도록 좀처럼 작동하려고 하지도 않습니다. 이것저것 생각을 해 보았지만 도무지 이유를 알 수 없습니다. 로봇은 이제 마지막 점검만 남았는데 컴퓨터가 저렇게 고집을 피우니 난감한 일이 아닐 수 없습니다. 도대체 내 컴퓨터가 왜 저러는 걸까요. 이유를 아시는 분은 꼭 연락 주시길 바랍니다.

바그다드의 새 동상

바그다드에서 동상이 무너지고 있었습니다.

실패자의 동상이 세상에 있어서는 안 되기 때문입니다.

바그다드에 새 동상이 세워질 것입니다.

승리자의 동상이 세워지겠지요.

승리자를 위한 모뉴먼트.

새로운 동상의 모습을 먼저 보여 드리지요.

헬리콥새

날개가 있어도 날지 못하는 새에게는
새로운 날개를 달아 주자.
그리하여 새로운 이름을 붙여 주자.
그 이름 헬리콥새.

제5장 책의 바다에 빠져 들다

번개란 놈은 눈을 희번덕거리고, 번개 친구 천둥은 괜스레 그르렁거리며 동네를 휘젓고 다녔습니다. 아무도 집 밖으로 나가지 못하고 무서워 벌벌 떨며 숨어 지내야 했습니다. 그것도 하루 이틀이지 날마다 번쩍거리고 쿵쾅거리는 통에 사람들은 낮에 일도 못하고 밤엔 잠도 제대로 자지 못했습니다.

벌레를 만들다 잠든 날

쇠를 하루 종일 녹여 붙여 곤충을 만들었습니다. 그날은 밤새 눈
앞에서 불똥이 튀고 섬광이 어른거려 잠을 자지 못했습니다. 그
러다 깜박 잠이 들었는데 온몸이 녹아 내리고 있었습니다. 사방
에서 불꽃이 일어나고 푸른 연기가 피어오르면서 점점 몸이 쪼
그라들더니 벌레만도 못하게 줄어들었습니다. 새까맣게 그슬려
몰골이 말이 아닌 것은 말할 것도 없습니다. 눈을 떠 보니 머리
위에서 커다란 벌레가 덮치고 있었습니다. 내가 만든 그 벌레가
틀림없었지만 그렇게 큰 줄은 몰랐지요. 다시는 벌레 따위를 만
들지 않을 것입니다.

번개를 잡은 아이

번개란 놈은 눈을 회번덕거리고, 번개 친구 천둥은 괜스레 그르
렁거리며 동네를 휘젓고 다녔습니다. 아무도 집 밖으로 나가지
못하고 무서워 벌벌 떨며 숨어 지내야 했습니다. 그것도 하루 이
틀이지 날마다 번쩍거리고 쿵쾅거리는 통에 사람들은 낮에 일도
못하고 밤엔 잠도 제대로 자지 못했습니다. 그러던 어느 날 참
다 못해 한 아이가 나섰습니다. 모두들 숨어 지내느라 그 아이
가 뉘 집 아이인지는 아무도 몰랐습니다. 아이가 동네 한복판으
로 나서자 천둥은 발을 쿵쾅거리며 윽박지르고 번개는 눈을 부
라리며 으름장을 놓았습니다. 아이는 먼저 미친 듯 날뛰는 번개
의 두 팔을 잡고 냅다 휘둘러 내동댕이쳐 버렸습니다. 번개가 으
악 소리를 내며 나동그라졌죠. 그리고는 천방지축 뛰어다니던
천둥의 엉덩짝을 힘껏 걷어차 쫓아 버렸습니다. 동네는 다시 평
온을 되찾았습니다. 그 뒤로 이 동네에 번개란 놈은 다신 얼씬
도 하지 못했습니다. 천둥은 말할 것도 없지요. 가끔 번개와 천
둥이 동네 근처를 지날 때가 없지는 않았습니다. 그럴 때 번개
는 멀리서 흘깃 눈길만 한번 주고는 떠나 버렸고, 천둥은 민망
해서 우르릉 헛기침만 하고는 사라졌습니다.

항복

카멜레온이 그 끈적끈적하고 미끈덕거리는, 자기 몸보다 긴 혀를 쑥 내민 순간, 벌레는 깊은 생각에 잠겼습니다.

고통과 번민과 멸시의 나날에 종지부를 찍을 때가 왔도다. 징그러운 육신을 버리고 우주의 섭리에 귀의하여 찰라의 순간이 영겁의 시간으로 바뀌는 지금 이 순간은 얼마나 아름다운가. 정말이지 황홀한 시간이 아닐 수 없다.

하지만 미끈덕거리는 혀가 차가운 냄새를 풍기며 바로 살갗에 닿으려 할 때 그는 다시 생각에 잠겼습니다.

망명구생을 도모할 수도 신명을 다해 싸울 수도 없다면 백기를 들어 목숨을 구걸한 뒤 후일을 기약하는 것이 나으리라. 삶이 고통이었다면 죽음 또한 다르지 않을 것. 내일이 없는 죽음보다, 비록 비난과 멸시의 나날일지라도, 내일이 있는 삶이야말로 더 가치 있는 것이리라. 거칠고 야만스런 적이라도 백기로써 항복을 구걸하는데 어찌 무심하리오.

벌레가 어떤 현명한 결정을 내렸는지는 알 수 없었습니다.

사이보그를 꿈꾸는 아이

「아이의 일기 중에서」

도무지 이해할 수가 없었다. 초고속 오토바이를 타고 도시 위를 날아다니지 말라거나 스테로이드 담배를 피우지 말라거나 귀나 눈꺼풀에 구멍을 뚫지 말라거나 머리를 크롬강으로 도금하지 말라거나 하는 말들은 들었지만 어느 누구도 나보고 사이보그가 되어서는 안 된다고 말한 적은 없었다. 그게 그렇게 큰일 날 일이었다면 그동안 내 귀가 닳아 없어질 때까지 그 말을 들었어야 했다. 하지만 결코 단 한 번도 그런 말을 들어 본 적이 없다. 내가 곧 사이보그가 될 거라고 말했을 때, 부모님은 기절할 만큼 놀라고 나를 죽일 듯 화를 냈다. 그뿐 아니라 불법으로 미성년자들에게 개조를 해 주는 인간들에게 험한 욕설을 퍼부으며 분개했다. 도무지 이해할 수 없었다. 정도야 다를 뿐 사이보그가 아닌 어른들을 본 적이 없다. 아빠는 심장과 팔다리를, 엄마는 두 눈과 가슴을, 삼촌은 피부와 장기들을 이식한 걸 나는 알고 있다. 그럴 때마다 어른들이 얼마나 뿌듯해 했는지를 생각하면 더욱 이해가 가지 않는다. 더구나 할아버지는 뇌만 빼고 태어날 때 가졌던 걸 모두 바꿔 버리지 않았던가. 모두들 성년이 되자마자 마음에 들지 않는 신체 부위를 버리고 아름답고 튼튼한 새 장기로 교체하는 게 유행이 된 지 오래인데 그걸 몇 년 먼저 했다고 왜들 그렇게 난리를 치는지 모르겠다. 21세기의 윤리를 아직도 강요하는 어른들의 뇌를 최신식 인공 뇌로 대체할 과학 기술은 아직 요원한 것인가. 어서 빨리 그날이 오기를 손꼽아 기다린다.

몽마와 숙녀

소녀가 밤마다 만난 건 정말 멋지게 생긴 사람 아니 짐승 아니 무언지 잘 모르는 처음 보는 것이었습니다. 날렵한 몸매며 크고 우람한 다리, 움직일 때마다 허공에서 춤을 추는 매끈한 꼬리, 게다가 잘생긴 얼굴에 힘차게 솟은 두 뿔은 무엇보다 당당했습니다. 그를 만나기 위해선 깊은 잠의 숲 속으로 들어가야만 했죠. 가시덤불을 헤치고 온몸에 땀이 범벅이 되어 헤매다가 지쳐 쓰러질 때쯤이면 홀연히 그가 나타나곤 했습니다.

처음에 그를 만났을 때 얼마나 놀랐는지 모릅니다. 거의 기절할 뻔했으니까요. 그는 소녀를 잠자코 바라보다가 동틀 무렵이면 어디론가 사라지곤 했습니다. 매일 밤을 그렇게 지내다가 어느 날 그가 슬며시 소녀의 곁으로 다가왔습니다. 소녀는 몹시 떨렸지만 꾹 참았지요. 그런데 가까이서 본 그의 모습은 더욱 아름다웠으며, 그의 냄새는 향기로웠고, 그의 팔은 생각보다 부드러웠습니다. 그의 날카로운 눈은 지혜로 번득이는 듯했고 커다란 귀는 관대함으로 가득한 듯했죠.

소녀는 그를 좋아하게 되었습니다. 그러나 소녀가 사랑한 것은 몽마였습니다. 소녀가 몽마를 사랑하게 되자 다시는 몽마를 볼 수 없었습니다. 소녀는 이미 숙녀가 되었기 때문입니다.

휴식

여신의 조건

「심사위원 평」

모두들 주지하시는 바와 같이 우리의 여신들이 갖춰야 할 미의 조건은 매우 까다롭습니다. 우선 미적 기준에 우리 세계를 통합하는 철학적 세계관과 역사적 예지력이 내포되어야 한다는 점은 여러분도 잘 알고 계실 것입니다. 올해에 선정된 미의 여신들은 이런 의미에서 그 어느 때보다도 완벽한 미의 조건을 만족시켰다고 감히 말할 수 있을 것입니다. 모든 아름다움이 머리에서 시작되어 머리 끝에서 구현된다는 일반적 명제를 무난히 소화한 것도 그렇습니다만 과거와 현재와 미래의 상을 제시한 깊은 상징성은 정말 높이 평가하고도 남음이 있습니다. 또한 세 여신은 과거와 현재를 더하면 미래가 되고 현재와 미래를 더하면 과거가 되며 과거와 미래를 더하면 현재가 된다는 대철학적 명제에

대한 심오한 해석을 아낌 없이 구현하고 있습니다. 주지하다시피 우리 세계는 모두 열두 개로 나뉘어 있습니다. 우리는 과거 여덟 개 부족에서 출발하여 오늘에 이르렀고 앞으로 여덟 개의 다른 세계를 더하여 모두 스무 개의 완전체를 이루기 위한 미래를 꿈꾸고 있습니다. 세 여신은 우리의 과거와 현재 그리고 미래의 모습을 각각 완벽히 상징하고 있습니다. 심사위원으로서 이 결과가 실로 우연히 이루어진 것이라고 믿고 싶지는 않습니다. 우리의 철학적 대명제를 내재화한 세계인의 의지와 이를 미적으

로 승화시키려는 세 여신의 아낌 없는 노력이 없었다면 불가능
했으리라고 생각하는 바입니다. 비록 과거의 여신이 지나치게 복
고적인 의상을 고집한 것과 미래의 여신이 지나치게 가슴을 성
형한 것이 다소 거슬리기는 하지만 이는 자신의 육체를 통해 각
각의 세계를 충실하고 완벽하게 재현하려 했던 충정에서 비롯된
것이라고 믿어 의심치 않습니다. 이제 이 여신들에 대한 아낌 없
는 숭배와 찬양을 바라 마지 않는 바입니다. (일동 우레와 같은
박수)

거북 마을

거북 마을이 있었더랍니다. 왜 그렇게 불렸는지 아무도 모른답니다. 떠도는 소문으로는 커다란 거북이 등에 그 마을이 실려 있을 거라고 했습니다. 거기는 아름답고 평화로운 마을이랍니다. 산등성이 열두 개를 넘고 강을 열두 번 건너야 거기에 이른다고 합니다. 누구나 거길 가고 싶어 했지만 그곳을 다녀온 사람은 아무도 없습니다. 많은 사람들이 거길 찾아 떠났지만 대부분은 돌아오지도 못했습니다. 그들이 어찌 되었는지 아무도 모릅니다. 간혹 거북 마을을 찾으러 떠났다가 되돌아온 사람이 있긴 했습니다. 그들은 한결같이 산 넘고 강 건너 어렵게 찾아가 보니 거북 마을은 이미 아무도 가지 못할 산 속으로 들어가 버렸다고 합니다. 누구는 아예 바다 속으로 들어가 버렸다고도 합니다. 어느 누구도 거북 마을은 처음부터 없었다고 그래서 찾지 못했던 것이라고 말하는 사람은 없었습니다. 그리고 언젠가는 꼭 찾아가고 말 거라고 말했습니다. 적어도 살아 있는 사람들은 모두 다 그렇게 말했습니다.

마어

본 사람은 거의 없지만 인어에 대
하여 모르는 사람 또한 드물다. 마
어(馬魚)에 대하여는 알려진 바가 거의 없
으며 아는 사람 또한 드물다. 흔히 마어
와 비슷하게 생긴 해마를 보고 어마로
착각하는 사람이 없지 않은데 해마와
어마 아니 마어와는 전혀 다르다.

 바다를 항해하다 보면, 아주 재수 없
는 경우이긴 한데, 슬픈 표정을 지닌 인
어가 암초에 걸터앉아 그 아름답고 신비한
노래를 부르는 모습을 볼 수 있다고 한다. 그
노랫소리에 이끌려 배가 좌초한다고 하는데 이는 다소 잘못 알
려진 사실이다. 아무리 노랫소리가 사람을 홀리게 만든다 해도

마어의 도움 없이 배를 암초에 부딪히게 한다는 것은 불가능에 가깝다. 가능하다고 하더라도 성공 가능성이 매우 낮다. 그것은 이제껏 마어의 존재에 대하여 전혀 알지 못했던 사람들이 대강 들어서 전하는 말일 뿐이다.

인어가 나타날 때 주위를 살펴보면, 그럴 처지가 아니라는 것을 모르지 않지만, 마어가 물속에서 어슬렁거리는 모습을 볼 수 있다. 인어가 마어를 타고 와 암초에 자리를 잡고 앉으면, 마어는 그녀가 노래를 부르는 동안 주변을 헤엄치며 놀고 있다. 아마 머리를 물 밖으로 내밀고 있다면 그 모습은 마치 말이 헤엄치는 것처럼 보일 것이다. 아주 재수가 좋아 근처를 지나는 배가 있고, 배에 탄 사람들이 인어의 노랫소리에 푹 빠져 가까이 다가오면, 마어는 배 주위를 질풍과 같이 달리기 시작한다. 그러면서 파도를 일으키고 풍랑을 만들어 배를 암초에 부딪히도록 하는 것이다. 설사 부딪히지 않는다 하더라도 높은 풍랑으로 배가 뒤집히도록 하는 것이다.

인어와 마어가 합작으로 배를 좌초시킨 뒤 무얼 어떻게 하는지에 대해서는 아무도 알지 못한다. 또 인어와 마어가 정확히 어떤 관계인지 대해서는 더욱 알려진 바가 없다. 마어가 인어의 머슴이자 애마일 것이라거나 인어를 뒤에서 조종하는 인어의 주인일 것이라고 추측할 수 있을 뿐이다. 아니면 인어와 마어가 오누이일 것이라고 생각해 볼 수도 있겠다. 그 내막이야 어찌 되었든, 항해 중에 정말 조심해야 할 것은 인어가 아니라 마어라는 점을 잊어서는 안 될 것이다.

검은 개의 전설

그 전설 속의 개가 나타난 것은 석 달하고도 보름이나 더 비가 내리고 난 다음이었습니다. 그 개는 통방울만 한 눈과 하얀 이빨을 제외하고는 온통 검은색이었습니다. 커다란 귀에 늘씬한 다리를 가지고 있었고 목 뒤로는 갈기가 나 있어 움직일 때마다 휘날리곤 했는데, 생김새나 움직임이 여느 개와는 판연히 달라 사실 개라고 말해도 좋을지 모르겠습니다.

검은 개가 나타나자 백일이 넘어 잔뜩 흐린 날에다 이틀이 멀다 하고 쏟아지는 장대비와 연이은 태풍 그리고 그때마다 밀어 닥치는 해일로 지쳐 있던 사람들은 비로소 모든 재앙의 원인을 발견하게 되었습니다. 전설에 따르면 검은 개가 나타날 때마다 큰 재앙이 일어난다고 했기 때문입니다. 고난에 넌덜머리가 난 사람들은 분노에 가득 차서 검은 개를 잡아 죽이려고 몽둥이를 들고 쫓아 다녔습니다.

한편 검은 개의 사정은 좀 달랐습니다. 검은 개가 사람들의 연이은 불행을 몰랐던 것은 아닙니다. 하지만 그것은 그의 탓이 아니었습니다. 검은 개가 구름 위에서 내려다볼 때마다 사람들은 고통으로 아우성이었습니다. 검은 개가 재앙을 내릴 틈조차 없었죠. 검은 개는 도대체 자기보다 한 발 앞서 인간에게 고통을 주는 놈이 누구인지 그놈을 찾으러 내려왔던 것입니다. 하지만 검은 개는 내려오자마자 영문도 모른 채 사람들에게 쫓겨 다니는 신세가 되어 버리고 말았습니다. 이제껏 그런 적은 없었습니다. 결국 검은 개는 쫓기다 못해 다시 구름 위로 올라와 숨어 버릴 수밖에 없었습니다.

그 뒤로 검은 개는 다시는 나타나지 않았습니다. 그래서 검은 개의 전설도 사라지고 말았습니다. 하지만 그때부터 사람들은 원인도 모른 채 끊임없는 재앙에 시달려야 했습니다.

아기 장수

아버지한테 들은 이야깁니다.

옛날, 그닥 오래지는 않은 옛날. 우리 동네에 아기 장수가 태어났더랍니다. 온 동네가 쉬쉬 했지만 태어난 지 몇 해 되지 않아 큰 돌멩이를 번쩍번쩍 드는 아기 장수가 남의 눈에 띄지 않을 수 없었습니다. 아기 장수의 부모는 아기가 행여 해꼬지 당할까 봐 밤이나 낮이나 전전긍긍했습니다. 혹여라도 관아의 관리들에게 들키는 날에는 그날로 목숨을 부지하기 어렵다는 것을 알고 있었기 때문입니다. 고민에 고민을 거듭한 끝에 아기 장수의 부모는 세상에 더 알려지기 전에 아기 장수의 겨드랑이에 난 날개를 없애 버리기로 했습니다. 더 이상 힘을 쓸 수는 없어도 목숨은 부지할 수 있을 테니까요. 아기 장수의 부모는 눈물을 머금고 아기 장수가 잠든 틈을 타 겨드랑이에 난 날개를 파 내어 버렸습니다.

그 뒤로 아기 장수는 더 이상 힘을 쓸 수 없었습니다만 이젠 불안에 떨지 않아도 되었습니다. 아기 장수는 그래도 남보다 힘이 서너 배는 더 셌더랍니다. 앞 개울을 한걸음에 성큼 건너갈 수도 있었구요. 비가 오면 날개의 뿌리를 패어 낸 자국이 있는 빗장뼈 근처에 빗물이 고였는데 그 양이 한 종발이 넘었더랍니다. 다른 건 몰라도 그건 아버지도 보았답니다. 진짜랍니다.

그림자에 놀란 아이

'안 떨어진다.
시커멓고 무시무시하게 생긴 놈이
발바닥에 붙어 떨어지지 않는다.
아무리 도망쳐도 무섭게 쫓아온다.
큰일 났다. 난 이제 죽었다.'

그림자를 무서워하던 아이는 어느 날 더 이상 쫓겨만 다닐 수 없다고 생각했습니다. 그래서 그림자를 떼어 내 버리려고 마음먹었지요.

아이는 조심스레 그림자를 바라보고 있다가 갑자기 뒤로 돌아서서 그림자를 냉큼 잡아채 벌떡 일으켜 세워서는 멀리 내동댕이쳐 버렸습니다.

그림자가 정말 떨어져 버렸을까요. 그렇습니다. 그림자는 다시는 아이를 쫓아다닐 수 없게 되었습니다. 그 뒤로 아이의 그림자를 보았다는 사람은 아무도 없었습니다.

들판의 염소

들판에서 염소가 풀을 뜯고 있습니다. 염소 입 안에 가득한 풀들이 식도를 지나 위 안을 가득 채웁니다. 염소는 쉬지 않고 풀을 뜯습니다. 풀은 네 개의 위를 가득 채우고 장 속으로 밀려 들어갑니다. 그래도 염소는 풀을 계속 뜯고 있습니다. 염소의 몸 안 구석구석은 풀로 가득 찼습니다. 하지만 염소는 멈출 줄을 모릅니다. 하루 종일 쉬지 않고 풀을 뜯어 댑니다. 더 이상 채울 데도 없는데 말입니다. 들판의 풀들을 모두 먹어 버릴 작정인가 봅니다. 저러다 염소가 풀밭이 되지 않을까 걱정입니다.

책의 바다에 빠져 들다

깎고 나서

어느 날 커다란 나무토막이 하나 작업실에 덜커덩 하고 굴러 들어왔다. 그 나무토막이 작업대 위로 냉큼 올라 앉은 건 정말이지 알 수 없는 일이다. 손 대기도 더러운 나무토막을 거기에 올려 놓았을 리도 없고 장작을 작업대에서 뽀갤 일도 없었는데 말이다. 이게 어디서 왔을까 하는 생각을 하지 않았던 것은 아니지만 그깟 나무 토막이야 어디서 어떻게 왔든 나무토막일 뿐이다. 아무리 직업이 목수라도 아무 나무나 탐내는 것은 아니다. 굴러온 나무는 어찌 보면 썩은 것 같기도 했으며 또한 고약하기 그지없었다. 그저 추운 날 땔감이 궁해지면 난로 속으로 들어갈 나무로밖에는 보이지 않는 나무였다. 그런데 그게 그저 그런 나무가 아닌 줄 진작에 알아보았어야 했다.

한동안을 도무지 말이 안 되고 터무니없는 세상 속으로 기어 들어가 꼬물거리는 벌레처럼 이리저리 두리번거리며 보냈다. 왜 그랬는지는 정말 모르겠다. 막연히 얼마 전 굴러 들어온 나무토막을 만졌기 때문일 거라는 생각이 들었을 뿐이다. 그 뒤로 낯선 세상이 갑자기 익숙하고 친근한 세상으로 바뀌어 버렸다는 것을 발견했다. 절간에 달린 목어를 만들어 놓고 불경한 생각을 서슴지 않았으며 인어 주변에서 어슬렁거리는 마어를 만나기도 했다. 나는 점점 이상한 세상의 악동이 되어 갔다. 벌레를 만나 즐겁게 말을 건넬 수 있었고, 피라미드의 비밀을 새삼스럽게 발견하고 나서는 혼자 즐거워 낄낄거렸다. 낯선 세상이

늘 즐거웠던 것은 아니었다. 가끔은 삶과 죽음의 경계에 선 고민이 없었던 것도 아니다. 먼 우주에서 날아 온 친구의 참혹한 모습을 보고 놀라기도 했으며, 세상 밖으로 나선 한 걸음이 낯설게 느껴지기도 했다. 하지만 바보 같은 신을 보며 위안을 삼기도 했고, 일에 지칠 때면 커다란 물고기를 기다리며 나른한 졸음에 빠져 들기도 했다.

그리고 1년이 지난 후 나는 거짓말처럼 다시 현실의 세계로 돌아왔다. 하지만 내 앞에는 그동안 만났던 벌레들과 이상한 짐승들과 낯선 인간들이 남아 있었다. 그들과 독백처럼 중얼거렸던 이야기들이 아직도 생생하다.

그걸 물끄러미 바라보다가 그간 의미 없는 이야기를 의미심장하게 떠벌이면서 내가 그토록 진지하지 않을 수 있으며, 그토록 경박스러울 수 있다는 걸 발견했다. 생각해 보면 상투적 세계의 지겨움에 대한 보상 심리였건, 아니면 꼼지락거리며 뭐라도 해야만 하는 자신의 비참함에 대한 보상이었건, 낯선 물건들을 만들어 내면서 나는 아주 특별한 즐거움을 누리고 있었던 것 같다. 그것은 나를 지배하고 있는 질서를 전복시키거나 아니면 회복시키는 즐거움 혹은 '터무니없음'을 빌미 삼아 뭔가를 뒤집어 보고 싶은 충동이었을지도 모르겠다. 그럴 때마다 그들은 제발 세상을 하나의 눈으로만 보지 말라고 나에게 타이르곤 했다.

그 뒤로 매일같이 만들어 놓은 물건들을 들여다보고 그들이 건네준 이야기를 생각하면서 알 수 없는 세계로 다시 들어가지 못해 안달을 했지만, 어찌된 일인지 그 지저분한 나무토막에서 났던 썩은 냄새의 기억이 사라지는 순간 도무지 낯선 세상의 문은 다시 열리지 않았다.

2003년 11월 작업실에서

찾 아 보 기

108
갑오징어
73×16×8cm
쪽동백나무
2003.7.15.

21
거미 우주 탐색선
55×47×15cm
단풍나무
2003.6.21.

170
거북 마을
37×23×11cm
홍송
2003.4.25.

175
검은 개의 전설
35×10×23cm
흑단
2003.8.5.

141
게차
55×16×12cm
단풍나무
2003.7.11.

68
고슴도치
43×26×22cm
콘크리트핀 포크레인발톱
2003.

94
고집 센 당나귀의 마력 재기
51×11×26cm
엄나무 단풍나무
2003.5.27.

134
골목의 그 아이
28×18.5×40cm
단풍나무
2003.1.11.

작품이 실린 페이지
제목(가나다 순)
크기(가로×세로×높이)
재료
제작일

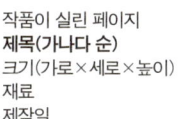

185

37
곱슬머리 아이-1
21×6×28cm
쪽동백나무
2003.7.15.

38
곱슬머리 아이-2
34×18.5×23cm
쪽동백나무 단풍나무
2003.7.15.

39
곱슬머리 아이-3
34×18.5×15cm
쪽동백나무 단풍나무
2003.7.15.

113
구름 위로 올라간 형
43×19×90cm
물푸레나무 단풍나무
2003.3.19.

75
구름 위의 천사
30×7×27cm
물푸레나무 단풍나무
2003.1.29.

183
그렇게 맛있을까
35×40×24cm
엄나무 단풍나무
2003.4.14.

178
그림자에 놀란 아이-1
16×36×21cm
물푸레나무 단풍나무
2003.3.9.

179
그림자에 놀란 아이-2
17×25×27cm
물푸레나무 단풍나무
2003.3.9.

45
꽃을 꺾다
29×8×18cm
물푸레나무
2003.2.28.

124
꽃을 바치는 남자
28×17×28cm
단풍나무 마고레
2003.4.22.

21
나방 우주선
51×40×25cm
단풍나무
2003.6.20.

36
나는 무엇일까요
35×35cm
단풍나무
2003.

102
나의 친구
45×34×19.5cm
단풍나무
2003.7.1./7.24.

42
내 이빨 볼 텨
23×23×26cm
마고레
2003.4.28.

24
달걀 귀신
18×19×25cm
물푸레나무 단풍나무
2003.6.29.

19
달팽이 우주 여객선
60×25×14cm
편백나무 단풍나무
2003.6.22.

47
당랑거책
31×19×30cm
박달나무 철사 나사
2002.

33
도시를 나는 여인
30×30×40cm
물푸레나무 피나무
2003.2.22.

181
들판의 염소
27×15×17cm
물푸레나무 단풍나무
2003.3.12.

121
등점박이라이닝발광충(암)
22×20×11cm
라이닝 포크레인발톱 장도리 철사
2000.

120
등점박이라이닝발광충(수)
31×23×25cm
라이닝 장도리 철사
2000.

59
똑같다(사람)
13×7×21cm
흑단 단풍나무
2003.4.28.

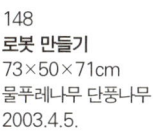

59
똑같다(벌레)
14×10×10cm
흑단 단풍나무
2003.4.28.

148
로봇 만들기
73×50×71cm
물푸레나무 단풍나무
2003.4.5.

172
마어
18×13×40cm
단풍나무
2002.6.12.

139
메뚜기가 널 잡겠다
63×39×25cm
단풍나무
2003.4.12.

18
메뚜기 우주 화물선
85×33×25cm
단풍나무
2003.6.15.

164
몽마와 숙녀
59×22×40cm
물푸레나무
2003.3.15.

66
무시무시한 것
38×9.5×23cm
단풍나무
2003. 6. 4.

106
뭔가 이상해-1
32×19×31cm
단풍나무
2003. 5.2.

107
뭔가 이상해-2(소)
32×8×23cm
물푸레나무
2003.4.15.

107
뭔가 이상해-2(악어)
59×24×15cm
단풍나무
2003.4.15.

132
민달팽이
52cm
향나무
2003.

151
바그다드의 새 동상
45×18×106cm
참나무 단풍나무
2003.4.25.

158
번개를 잡은 아이
50×20×43cm
단풍나무 물푸레나무
2003.1.3.

20
벌 우주선
36×33×20cm
단풍나무
2003.7.1

157
벌레를 만들다 잠든 날
27×14×42cm
자귀 톱날 니퍼
2003.

35
붙잡힌 외계인
25×6×40cm
마고레 단풍나무
2003.6.22.

92
비루먹은 용
123×28×27cm
느릅나무
2003.

65
비를 좋아하는 아이
30×21.5×45cm
물푸레나무 단풍나무
2003.3.29.

89
비행접시 구출하기(우주 모선)
40×13×13cm
기계 부품
2003.
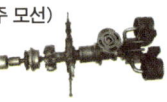

90
비행접시 구출하기(추)
8.5×8.5×13cm
추
2003.

91
비행접시 구출하기(비행접시)
16×16×36cm
디스크 기타
2003.

143
사나운 개
76×23×45cm
소나무
2003.

142
사나운 개(뱀)
92cm
소나무
2003.

15
아름다운 그녀(남)
30×20×30cm
물푸레나무
2002.12.28.

14
아름다운 그녀(녀)
15×8×30cm
물푸레나무
2002.12.28.

162
사이보그를 꿈꾸는 아이
21×21×37cm
오크 단풍나무
2003.5.5.

188

84
삽새
64×24×32c
삽 철근
2003.

136
삽새의 전설-1
38×32×16cm
삽 나사 라이닝 철사
2003.

137
삽새의 전설-2
50×50×160cm
삽 파이프 볼트와 너트
2003.

16
생각이 많은 사람
14×10×44cm
느티나무
2003.

27
생각이 자라는 바위
56×25×26cm
물푸레나무 단풍나무
2003.4.13.

145
세상 밖 한 걸음
19×22×42cm
단풍나무
2003.6.30.

101
쇠망토를 걸친 사나
36×84×40cm
삽 단풍나무
2003.2.22.

128
신은 바보
25×10×25cm
느릅나무
2003.1.5.

60
십이지 동물농장(자)
16×6×31cm
물푸레나무 단풍나무
2003.1.20.

60
십이지 동물농장(축)
19×8×33cm
물푸레나무 단풍나무
2003.1.20.

61
십이지 동물농장(인)
18×8×32cm
쪽동백나무 단풍나무
2003.1.20.

60
십이지 동물농장(묘)
18×7×31cm
느릅나무 단풍나무
2003.1.20.

60
십이지 동물농장(진)
25×6×33cm
물푸레나무 단풍나무
2003.1.20.

60
십이지 동물농장(사)
31×6×28cm
물푸레나무 단풍나무
2003.1.20.

61
십이지 동물농장(오)
21×8×35cm
느릅나무 단풍나무
2003.1.20.

61
십이지 동물농장(미)
26×8×28cm
쪽동백나무 단풍나무
2003.1.20.

60
십이지 동물농장(신)
26×7×28cm
느릅나무 단풍나무
2003.1.20.

60
십이지 동물농장(유)
28×6×35cm
물푸레나무 단풍나무
2003.1.20.

61
십이지 동물농장(술)
31×6×30cm
물푸레나무 단풍나무
2003.1.20.

61
십이지 동물농장(해)
19×8×39cm
쪽동백나무 단풍나무
2003.1.20.

176
아기 장수
20×12×31cm
물푸레나무 단풍나무
2003.3.5.

138
악마와 그네 타기
30×27×48cm
물푸레나무 단풍나무
2003.3.13.

110
악몽이었을까?
65×16×27cm
물푸레나무 단풍나무
2003.3.10.

55
억지로 하늘 날기
58×28×8cm
오크 단풍나무
2003.5.6.

167
여신의 조건-1(현재의 여신)
15×19×47cm
쪽동백나무 단풍나무
2003.7.2.

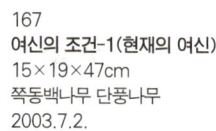

169
여신의 조건-2(과거의 여신)
6×12×50.5
쪽동백나무 단풍나무
2003.7.6.

168
여신의 조건-3(미래의 여신)
2×11×51cm
쪽동백나무 단풍나무
2003.7.9.

22
오징어 우주 여객선
76×19×7cm
단풍나무
2003.6.30.

104
울면서 집에 들어선 아이
9×9×30cm
느티나무
2003.2.25.

17
잡념이 많은 사람
12×11×37cm
은행나무
2003.2.12.

123
전기 메기
64×54×8cm
단풍나무
2003.7.4.

123
전기 메기(감전된 아이)
20×12×34cm
느티나무
2002.12.22.

13
절간의 물고기
60×18×17cm
자작나무
2003.

78
죽음과의 악수
28×11×64cm
함석 철사
2003.

117
지구에서 살아남기-1
20×20×36cm
편백나무 단풍나무
2003.6.14.

116
지구에서 살아남기-2
31×21×50cm
편백나무 단풍나무
2003.7.18.

87
짐을 실은 노새
33×9×18cm
흑단 단풍나무
2003.1.26.

8
책벌레와 책벌레-1
39×27×3cm
단풍나무
2003.4.7.

9
책벌레와 책벌레-2
42×25×7cm
물푸레나무 단풍나무
2003.4.17.

10
책벌레와 책벌레-3
22×25×22cm
물푸레나무 단풍나무
2003.6.17.

11
책벌레와 책벌레-4
19×20×28.5cm
물푸레나무 단풍나무
2003.6.17.

182
책의 바다에 빠져 들다
27×18×12cm
단풍나무
2003.7.3.

147
추락한 별나라 우주선
35×35×20cm
참나무
2003.4.2.

114
치즈를 훔쳐 먹은 쥐
18×14×22cm
마고레
2003.4.27.

96
캥거루의 회초리
19×19×18.5cm
쪽동백나무
2003.6.3.

30
크레인
69×59×30cm
단풍나무
2003.6.24.

72
큰 물고기
218×35×42cm
옛소나무
2003.

56
탄생
25×16×55cm
쪽동백나무 단풍나무
2003.6.19.

34
펀치 드렁커
33×33×36
쪽동백나무
2003.7.24.

99
포크레인 발톱을 쓴 새
48×42×62cm
은행나무 단풍나무 포크레인 발톱
2003.2.11.

83
폭주족
33×8×22cm
물푸레나무 단풍나무
2003. 6.11.

51
피라미드의 비밀-1
30×38×50cm
쪽동백나무 마고레
2003.6.5.

52
피라미드의 비밀-2
33×21×51cm
엄나무 단풍나무
2003.6.18.

23
하늘에 갇힌 새
58×43×16cm
단풍나무
2003.5.1.

161
항복
67×17×7.5cm
단풍나무
2003.4.20.

153
헬리콥새
18×19×27cm
오크
2003.5.7.

76
호랑이와 아이-1
30×10×13cm
물푸레나무
2003.2.20.

77
호랑이와 아이-2
33×24×25cm
물푸레나무
2003.3.9.

97
회오리바람
27×15×29cm
느티나무
2003.3.5.

166
휴식
47×31×9cm
단풍나무
2003.2.18.